U0501551

加薪秘诀

[法] 乔治·佩雷克 ◎著　吴晓东 ◎译

Georges Perec

长江出版传媒　长江文艺出版社

图书在版编目（ＣＩＰ）数据

加薪秘诀 / （法）乔治·佩雷克著 ； 吴晓东译. --
武汉：长江文艺出版社，2021.8
　ISBN 978-7-5702-2175-2

　Ⅰ．①加… Ⅱ．①乔… ②吴… Ⅲ．①长篇小说－法
国－现代 Ⅳ．①I565.45

中国版本图书馆 CIP 数据核字(2021)第 105527 号

"L'ART ET LA MANIERE D'ABORDER SON CHEF DE SERVICE
POUR LUI DEMANDER UNE AUGMENTATION" by Georges Perec
© Hachette Littératures, 2008
© Librairie Arthème Fayard, 2011
CURRENT CHINESE TRANSLATION RIGHTS ARRANGED THROUGH DIVAS
INTERNATIONAL, PARIS 巴黎迪法国际版权代理

加薪秘诀
JIAXIN MIJUE

责任编辑：雷 蕾 付玉佩　　　　　　责任校对：毛 娟
封面设计：颜森设计　　　　　　　　责任印制：邱 莉　胡丽平

出版：长江出版传媒　长江文艺出版社
地址：武汉市雄楚大街 268 号　　　邮编：430070
发行：长江文艺出版社
http://www.cjlap.com
印刷：武汉市籍缘印刷厂

开本：880 毫米×1230 毫米　　1/32　印张：5.375　　插页：1 页
版次：2021 年 8 月第 1 版　　　2021 年 8 月第 1 次印刷
字数：92 千字

定价：32.00 元

译者序

对于大多数中国读者来说，乔治·佩雷克还是一个相对陌生的名字。在二十世纪的法国文坛，他是乌里波学派的代表人物，随着时间的流逝，他在文学史上的地位也越来越重要。他的作品在中国并不为人熟知，更多的是出现在专业学术研讨的名录上，又或者语言文学系学生的毕业论文里。如果您试着查找一些关于本书作者的简介，会发现在诸多的溢美之词外，佩雷克往往被冠以诸如"先锋"、"前卫"之类的标签，于是您油然生出一种敬而远之的阅读畏惧。

而事实上……

好吧，我们得承认，佩雷克确实是个喜欢制造阅读障碍的家伙！但是，这更是个喜欢制造写作障碍的天才！听听他怎么说的：

束缚、约束、限制，那就是创作的源泉！什么样的束缚？各种各样的束缚：形式上的、内容上的、甚至数学上的（乌里波学派的成员里居然还有数学家）！

比如，他要写一本书，却野心勃勃地要使用所有的法语单词，简直就是要挑战法语词典的地位，难道他不知道读者们连一半的单词都认不全？

又比如，他要写一个关于《消失》的故事，于是，三百多页的书里，法语中使用频率最高的字母"e"就这样消失了！译者曾经反复地思考，这样的作品译作中文，应该让我们语言里的什么元素消失才能达至这样令人惊叹的形式效果？以致《消失》始终难有一个定本的译稿。翻译难度高，或者这也是佩雷克的作品在中国难以流传的一个重要原因。

现在您也许有些明白佩雷克的文字游戏了：给自己打造一条锁链，预先塑造出精确的架构，然后在这样的自我束缚中，穷尽驾驭语言的能力，创作不可思议的文学。由此，语言不再局限于内容的载体，形式不再拘泥于意义的表现，它们本就是文学内涵的一部分。对佩雷克而言，以创作本身作为创作的目的又有何不可呢！

回过头再来看我们的《加薪秘诀》，读者或许稍稍理解作者那特异的写作手法。其实贝尔纳·马涅在为本书撰写的跋文中，比较细致地介绍了这个故事的来龙去脉和佩雷克的创作理念，那份来自计算中心研究员的组织机构图,既是孕育故事的框架,也是限定故事的边界。不过马涅的文章带着浓重的文学解析风格,不免稍显枯燥而晦涩,于是有了这篇译者序,期望能对读者的阅读有所助益。

佩雷克自言,本文是以线性的方式来解读这份组织机构图,"线性"这个词似乎又把我们引入难以琢磨的数学领域,但随着阅读的展开,您会发现作者是在把各种假设一一检验又逐一排除,像极了数学里的研究方法。刻意套叠的关系从句更是将这根"线"越拉越长,催生出更多的必要条件,为艰难的加薪之路不停砌起障碍,一如读者在阅读过程中所体会的那种曲折。甚至,佩雷克故意省略了一切标点符号,于是每一条假设所牵起的线条仿佛都没了尽头,悄然融于下一根线条之中,就像一根无穷尽的线条循环盘绕成一个语言的迷宫,让我们的主人公毕生在"其整体组成了付薪让(他)到其整体组成了作为我们最具国家意义的工业部门中最关键产业之一里最庞大企业之一的这家企业"里兜兜转转却找不到出口。

被绕晕了头的读者也许更能感受到文章里充满嘲讽的礼貌,或者充满礼貌的嘲讽,加薪路上的每一道障碍都是阅读中的障碍。在严谨的句法和繁复的结构下,没有了停顿标记的整篇文章似乎由一个意义紧密连续的句子贯穿。

经过深思熟虑,您决定邀请那位擅于潜水的朋友来朗读这篇有趣的文章,于是您兴奋地发现,原来这位气息如此悠长的朋友居然也有喘不过气来的时候!

　　您终于明白,这个期待着以"线性手法"创作出"不可解读"的文章的天才,本就是要挑战创作和阅读的极限! 那么您呢? 您深吸一口气,准备好朗读了吗?

吴晓东

目　录

加薪秘诀

又名:求见上司请求加薪的艺术与方法

经过深思熟虑鼓起满腔勇气您决定去见您的上司请求加薪所以您去求见上司简便起见因为不简总是不便我们且称他张三先生也可叫作张先生或者干脆就是张生所以您去见张生要么张生在他的办公室里要么张生不在他的办公室二者必居其一如果张生真要在办公室里那倒也好说但很显然张生没在办公室所以您基本上只剩下一件事儿可做守在走道上等他返回或者到达办公室权且假设并非他来不了否则除了回您自己的办公室等到下午或者第二天再重新尝试之外别无他法但假若他不是来不了而是耽搁了还没来这事儿半点也不稀罕这种情况下与其继续在走道里遛弯儿您最佳的选择莫过于去找您的同事李小姐为了给我们干瘪生硬的演示增加点儿人情味下文中我们不妨称她李四小姐但是要么李四小姐在她的办公室里要么李四小姐不在她的办公室二者必居其一如果李四小姐在办公室里那倒也好说但假设李四小姐不在办公室呢这种情况下既然您无意继续在走道上遛着弯儿等待张生何况您也无法确定他是否会返回或者到达办公室那么您就只有一个办法了到其整体组成了这家雇用您的机构的全部或部分的各个科室去转上一圈

然后再回头去找张生一边暗暗期盼这次他总到了吧然而要么张生在他的办公室里要么张生不在他的办公室二者必居其一姑且假设他不在所以您守在走道上遛着弯儿等他返回或者到达办公室这固然不错但假若他迟迟不至呢那您就去看看李四小姐在没在要么她在办公室里要么她不在二者必居其一如果她不在您最妥帖的做法自然是到其整体组成了这家雇用您的机构的全部或部分的各个科室去转上一圈但还是假设李四小姐她在办公室吧这种情况下要么她心情不错要么她心绪不佳二者必居其一我们先且假设李四小姐心情不好那简直是一点儿也不好这种情况下也用不着泄气到其整体组成了这家雇用您的机构的全部或部分的各个科室去转上一圈然后再回头去找张生一边暗自盼望着他已经到达办公室了然而要么张生在办公室里要么张生不在办公室二者必居其一不过说起来您自个儿呢您在自己的办公室吗不在吧那您凭什么指望张生待在他的办公室呢指不定他这会儿就在您的办公室呢等您回去时好交给您一块肥皂又或者正在他自己上司的办公室门口遛弯儿呢哦对了他那位名叫王二的上司我们将在后文中称其为王生所以张生不在他的办公室因此您守在他办公室外的走道上遛着弯儿等他返回或者到达其实我们不难想象张生还要过上一阵子才会到达或者返回所以为了打发您因单调的晃悠而可能生出的无聊我们建议您去跟同事李四小姐闲聊一时半会儿当然前提有二一是李四小姐在她的办公室里如果她不在就到其整体组成了这家雇用您的机构的全

部或部分的各个科室去转上一圈除此之外您也没什么别的选择除非您想回自己的办公室等候更有利的时机二是她的心情也还不错如果李四小姐人在办公室但心情欠佳那您就到其整体组成了这家雇用您的机构的全部或部分的各个科室去转上一圈吧简便起见因为不简总是不便姑且假设李四小姐不但人在办公室而且心情也不错那么您就进去和她聊上片刻稍后要么您发现张生正抵达或返回他的办公室要么您没见着张生抵达或返回办公室无论如何二者必居其一我们且做最贴近事实的假设吧即您没有见到张生因为他根本就没回来嘛这还算是不错的理由毕竟排除了对我们的演示而言可说灾难性的假设比如您与李四小姐聊得太过投入以至于没能发现张生已经到达或者返回办公室了这种情况下您应该和李四小姐继续聊下去除非是很不走运你们的闲谈让李四小姐感到心情不畅若是不幸言中您也只好再一次到其整体组成了这家雇用您的机构的全部或部分的各个科室去转上一圈然后满腹心事地回到您自己的办公室等待更好的时日但总会有那么一刻正与李四小姐交谈的您发现正要抵达或者返回办公室的张生从外面经过这时您的行动就得灵敏又迅捷告辞时别忘了找一个合适的借口否则就会得罪李四小姐那么下一次她就不会再给您与她侃谈的机会了这样的话您就不得不到其整体组成了这家雇用您的机构的全部或部分的各个科室转上一圈又一圈而这样一圈圈转下来不免令人生疑甚至会让您的上司感到不快这显然不是您想要的结果所以您离开时还是要

找一个合适的借口比如说我得去换张唱片或者我午饭时恐怕被一根鱼刺卡住了喉咙又或者实在不好意思但我得去接种麻疹疫苗了然后您去见张生毕竟刚刚亲眼看见他经过所以您完全有理由认为现在张生的的确确在他的办公室里简便起见因为不简总是不便我们假设张生确实在他的办公室里可即便如此也千万别忘了正如尤内斯库所言当门铃响起时或许有人或许没人而谁都知道真相便在二者之间所以张生在他的办公室里考虑到张生是您的上级您进去之前先敲敲门等他回应要么张生抬起头来要么张生不抬头显然二者必居其一如果他把头抬起来这意味着至少他察觉到了您来请见并且愿意对此做出回应至于是肯定还是否定的回应随后就见分晓而我们也可随之加以分析但如果他非但不抬头反而继续拨打电话查阅文件为钢笔注入墨水简而言之继续专注于您敲门时他所专注的事务那要么是他没有听见您敲门但我敢肯定您的敲门声既干脆又清晰要么就是他不愿意听见您敲门总之对您而言结果没有分毫的区别因为就算是他没听见您敲门但您真要强行坚持的话即便算不上失礼也绝对是失宜的所以他若是不抬头的话那您还是先回自己的地方看是等到下午还是第二天还是下个星期二还是四十天之后再来碰运气吧自然您下一次去见张生时还得他在办公室才行如果他不在您就守在走道上等他回来如果他耽搁了您就去找李四小姐如果李四小姐也不在您就到其整体组成了这家使唤您的机构的全部或部分的各个科室去转上一圈然后您再回头去见张生如果他

还是没在您就在走道上等着或者您去找李四小姐也行前提是她不仅人在办公室而且心情也不错否则您就到其整体组成了这家雇用您的机构的全部或部分的各个科室去转上一圈然后您再回头去见张生如果他不在您就在走道上遛弯儿等他如果他耽搁了您就去见李四小姐但首先得假定她人在办公室其次心情也还不错这时您就去跟李四小姐攀谈一番直到您发现门外经过的张生正抵达或者返回他的办公室此外这一简单的条件序列也允许我们考察某种即便相对罕见但也说不上绝无仅有的情况即您去见张生时他正好在办公室因此您也无须在走道上等候无须核实李四小姐是否在她自己的办公室不用每次都要随机评测李四小姐的心情不必到其整体组成了这家压榨您的机构的全部或部分的各个科室晃荡所以张生正好在他的办公室里由于张生是您的上级您进去之前先敲敲门然后等待他的回应若是他不做回应那显然您只能一切从头来过因为不简总是不便故此怀着对于简便的殷殷期望我们甚至假设当您敲门时出奇地张生的的确确待在办公室里也的的确确抬起了头诚然这意味着张生听见了您敲门但却绝不等于他会立刻接待您事实上与其回应相伴的诸多示意行为传达着诸多信息并可归纳为三大类并将由此确定您的三种特别的应对措施首先他完全可以通过诸如从右向左又从左到右地水平摆动两三次脑袋或者一道意味深长拒绝合作的盛怒眼神或者绝不应景的随口回应来向您表明他绝对没有立即接待您的打算不仅如此就算在不远甚至遥远的将来也无此可

能但我们有理由认为这样的假设未免过于悲观坦率地说甚至会带来毁灭性的打击故此不予考虑反之若是认为您的上司会从下向上又从上到下地垂直移动头首或者朝您露出最亲切的微笑我姑且这么讲吧并请您立马进去那又未免过于乐观近乎恬然自足了事实上这样的假设几乎无法成立而且在日常中也一再与事实相悖故此我们判断其可能性与前者同样渺茫很显然我们只能转而考虑第三种假设即您的上司特意传达给您个人某种缓时信息表示同意考虑之后接见您的可能性说穿了就是您的上司不能或者是不愿立即接待您但原则上而言他并不回绝您的求见只是请您能善解人意等到14点30分再来见他考虑到这会儿才9点30分很显然您既不会在走道上或是李四小姐的办公室里一直等到两点钟再过去半小时也不可能就这么在其整体组成了这家雇用您的机构的全部或部分的各个科室不停转悠所以您先回自己的地方然后仔细思考诚然您的上司很大度地让您14点30分再去见他诚然您知道您的上司是个说话算话的人否则他就做不了您的上司诚然您知道他向不轻率开口但即便不说是天有不测风云至少您早已习惯生活中的各种意外自然明白某些时候仅仅是微不足道的小事便足以让一名上司心情大坏即使他是这世上最好的人也不例外而在支付您薪酬的这家企业里更是如此因此九点半提出的某项建议到了14点30分的时候极可能再无多大意义哪怕原因仅仅是这期间发生的午餐中那始终甚为关键的一刻毕竟已成定制的午餐都不能愉快进行您的谈话对象

还能不觉得恼火所以您最好还是了解一下快餐部的菜单午饭时则不妨利用眼角的余光来留意您上级的进食状况针对可能出现的几种不同情形您需要分别做出恰当的反应假设这天是个星期五快餐部准备的要么是鱼要么是蛋二者必居其一假设快餐部准备的是鱼要么您的上级被鱼刺卡住了喉咙要么您的上级没有被鱼刺卡住二者必居其一假设你的上司兼上级吞了根鱼刺卡住了喉咙那么千万不要在 14 点 30 分去他的办公室否则您就会犯下近乎致命的错误先等到第二天再说不过话说回来这也挺麻烦的因为星期五的第二天可是星期六而星期六您又不上班由于这个问题比较棘手我们建议还是稍后再做更进一步的讨论所以简便起见因为不简总是不便我们假设尽管快餐部午饭准备的是鱼但是您的上司并没有被鱼刺卡住因此您的计划不用做任何改动您可以信心十足地等到两点半此外为进一步简便起见我们可以假设尽管是个星期五但快餐部并没有做鱼那自然可以想见快餐部做的是蛋这种情况下要么蛋是坏的要么蛋没坏二者必居其一假若鸡蛋是坏的您觉得好意思跟一位或因严重的食物中毒而备受折磨的上司提起加薪么当然不那么等到第二天再说吧周末好好调养一下总不成快餐部每次准备的都是坏蛋那也太没道理了因此当某天快餐部准备的不是坏蛋时您就可以安心地等到两点钟再过去半小时然后去见您的上司简便起见因为不简总是不便不妨假设您的上级喜欢吃鸡蛋并且假定如何大致辨别存放时间过长的鸡蛋的问题已得到解决现在再来假设出于种

种原因这一天不是星期五这是较为理想的情况因为快餐部准备鱼或蛋的可能性会小一些而您的上司被一根鱼刺卡住喉咙或因坏蛋而中毒的风险也相应减少此外如果您的上司召您第二天来见也不至于因此摊上星期六您的任务完成起来就会更方便但却不能误以为只要不是星期五午餐的问题就不存在了事实上我们极可能遇上封斋期这种情况下要么午饭有鱼要么午饭有蛋二者必居其一如果有鱼的话要么您的上司被鱼刺卡住喉咙要么您的上司没有被鱼刺卡住如果他没有被鱼刺卡住您就平静地等到下午如果他被鱼刺卡住了您就尽可能平静地等到第二天其实要能等到封斋期结束那会更好这里我们且不考虑您自己也被鱼刺卡住的情况鉴于您异常焦躁不安的状态这种可能性其实相当高但这毕竟只是您自己的事情最好是吞一些面包瓢虽然是个偏方但却行之有效不信的话尽管去问您的上司不妨假设午餐准备的是蛋要么蛋是坏的要么蛋没坏二者必居其一倘若蛋没坏您却在上司脸上发现了红疹那一定有别的原因可能便是麻疹但若真是鸡蛋存放的时间过长那就完全有理由担心那些没能忍住口腹之欲的人出现食物中毒而您的上司又恰好是其中之一那么至少等到第二天再说万一情况实在变得很严重那您就得等到封斋期结束又或者等到您的上司完全恢复健康这就要好几天好几周或好几个月的时间又或者上面已经指定了继任者前来接替他的工作您怎么跟现任打交道的就怎么跟新上司打交道两者没有半点区别除非正好是您本人被指定继任您刚刚亡故的上司

的职务嗨呀都快乐死了那么您也不必在加薪的问题上显得如此这般的急切了先等上几个星期几个月或者几年然后再去见您的部门主管或者雇用您的企业的总裁提出您的要求而求见部门主管或者企业总裁请求加薪的艺术与方法与求见张生那样的科室主管提出同一请求的艺术与方法是否有共通之处呢这无疑是一个相当严肃的问题以目前我们手上的资料还无法给出解决方案甚至不足以模拟实际情况加以评估因此简便起见因为不简总是不便我们将假设要么这天既不是星期五也不是封斋期内的某一日要么我们所在的企业对国教分离的基本原则有着深刻的认同要么午餐供应的是比目鱼脊肉或者当天的新鲜鸡蛋上述种种说穿了不过是归结于这一简单的建议绝对不要在星期五或封斋期内去见您的上司既然午餐的问题看起来已经得到解决您现在对上司的良好接待状态也可以放心了当然了除非这天是星期一如果遇上了星期一那么等到星期二再说但谁会蠢到专挑星期一去见他的上司请求加薪呢当然也没人会傻到非要在星期五下午或者封斋期内随便哪个下午去办这事儿那样只能让您自处窘境因为您要谈及的问题本来就够麻烦了可对面的人非但不能倾听您的要求还要一直担心刚刚吞下的鸡蛋是否真的新鲜或者有没有咽下足够的面包瓤来裹走不幸卡在他喉咙里的鱼刺通常而言这也就是我们私下里说说罢了当上司的胃功能完全有可能压制住他的行政-等级-职业功能时与之打交道绝非是一件幸事选择在早上去见他就要好得多但毕竟是他本人请您在 14

点 30 分去见他所以您也只能顺从已经是 14 点 30 分了所以您去见张生要么张生正在办公室要么张生不在办公室二者必居其一您会说既然他让您在 14 点 30 分过去那么无论如何他在 14 点 30 都应当留在办公室里才对诚然如是但要真这么想那就太不了解上级们那奸狡乃至于诡诈的灵魂了张生为了让您清晰无误地感受到他是您的上司完全可以让您两点半去见他而自己在两点半的时候却并不待在办公室里这正是他最起码的权利用某些人的话说这甚至是他的义务您该怎么办呢千万不要感到绝望多点耐心既然张生告诉您他会在 14 点 30 分接待您或许他很快就会赶回来所以您不妨在走道上遛遛弯儿等他回来如果他略有耽搁您可以去跟李四小姐攀谈片刻当然这得李四小姐在办公室才行如果李四小姐不在她的办公室您就到其整体组成了这家雇用您或者更应该说压榨您的机构的全部或部分的各个科室去转上一圈稍迟再回来碰碰运气也许到那会儿张生都还是不在办公室那也不打紧就在走道上等着吧如果他迟迟未回就去跟李四小姐侃上一会儿维克多·雨果和罗兰·巴克利大概会用这个词吧①但前提有二一是李四小姐正在自己的办公室二是她的心情也还不错否则就到其整体组成了这家您并非旗下精英的机构的全部或部分的各个科室去转上一圈一边在内心深处

---

① 雨果《悲惨世界》中的人物柯赛特（Cosette）与法语单词闲聊（causette）音同形近，喜剧表演艺术家罗兰·巴克利向来喜好这种文字游戏。

诅咒您的上级言而无信但若事实正好相反李四小姐不但在自己的办公室而且一如惯常心情极佳您就可以寻她做伴把话题引到午餐准备的鱼肉质量如何或者鸡蛋存放了多长时间或者想逮见张生有多困难等方面多少畅谈一番啊呀呀就在这个时候至少为您着想我们希望如此您会看见张生自外经过您赶紧编一个过得去的借口比如我得去换唱片了或者我喉咙里怕是卡了根鱼刺或者鸡蛋不会是坏的吧又或者您的脸上有红疹别是染上麻疹了吧然后您去张生的办公室前敲敲门按说没有任何理由张生不在里面按说没有任何理由听见了您的笃笃敲门声他既不抬头也不请您进去讲讲来意毕竟说起来是他本人让您两点半再来的如果现在的的确确到了 15 点 12 分那也是他的错而不是您的问题不过我们也不能过于防范您建议或者更应该说建议您防范并虑及下述的某种或者更应该说某几种情况要么听到您的动静他连头都不抬要么他抬起头只是为了明确地告诉您他不能或者他不愿接待您反正不能还是不愿对您而言都毫无分别要么他很乐意接待您但却不是现在而只能是第二天上午或第二天下午两点半但若次日是个星期五其实遇上这种情况也很正常您就得注意当天的菜谱因为有鱼的话说不准您的上司就会被鱼刺卡住从而心情大坏这不耽误您的事儿吗或者运气够好午餐没鱼那自然有蛋而鸡蛋说不定就是坏的您的上司极有可能因此出现不适况且即使这不是星期五的前一天星期四第二天也极有可能是封斋期的头一日从午餐的角度因此也是从您上司接待状况的角度

而言这会造成或者有可能造成同样令人懊恼的结果如果您在他琢磨鸡蛋是否新鲜或者揣测卡在食道中的那根鱼刺的未来时贸然打搅他肯定会怨恨您的即使第二天不是星期五也不是封斋期的头一日或者其间任何一日也要防备遇上星期六因为星期六您的上司不会去办公室您也一样况且这也是使唤您的这家企业仅有的几项福利之一同样还要防备遇上星期天不过这是不可能的要知道星期天的前一天是星期六而星期六您休息还要防备遇上星期一乍一听似乎很荒谬但实则不然因为就第三产业而言星期五的第二天便是星期一所以如果星期五的上午您的上司告诉您星期五下午再去如果星期五的下午他又推到星期一上午不是因为他故意拒绝接待您而是因为他被一根鱼刺卡住了喉咙或者是因为他完全有理由相信重拈了两次的鸡蛋是坏的他固然因此感到忧虑而您也不能不觉得他的担心合情合理您还得防着等到了星期一上午他会更有理由厌烦听您那可鄙的物质诉求可既然不得不去那最好是等星期二上午或下午再来碰碰运气所以假设您星期二上午再次前去尝试显然张生是不在办公室的李四小姐同样不在因此您不得不到其整体组成了付薪让您到其整体组成了作为我们最具国家意义的工业部门中最关键产业之一里最庞大企业之一的这家企业的全部或部分的各个科室转悠的这家机构的全部或部分的各个科室去转上一圈不过您星期二下午再去的时候您的上司正在他的办公室里听见您敲门他抬起头来向您点点头简言之他让您进去这可以解释为午饭既没有

鱼也没有蛋而是鱼蛋还有什么比鱼子酱更能让您的上司感到愉悦呢既然他叫您进去您自然不会不进去但您别把怀疑挂在脸上忘掉一切恨怨既然您最终进到了他的办公室那么克制住自己不要去提醒您的上司他完全可以在三个星期前接待您的当时您第一次下定了决心要求加薪鼓足了勇气去敲响他的办公室大门况且他还不在里面让我们把这些都忘了吧您终于走到了这一刻虽然还不曾抵达终点但至少是个能让您陈述问题的庄严时刻当然最好是能有个座儿因为既要敞开心扉又要站着陈述问题即便面前是一位最为亲切和蔼的上司那也是一件相当微妙的事情然而就我所知您目前仍然还站着显然在您的上司发出明确的邀请之前您还不能坐下要么他请您坐下要么他不请您落座二者必居其一如果他招呼您坐下并顺带让您随意些那么事情的发展即使不能说一切如意也还是有可能较为顺利的至少根据您大致能预见的流程可以如此推断但若是他不请您落座您该怎么办呢不要以为这种情况很稀罕如果他任您站着也不要就此推断这是他对您的蔑视或无视更大的可能是他正因某件烦心家事而备受折磨为防万一问问是否他的几个女儿里有某个染上了麻疹他会回答您是或不是如果他说是确实有一个女儿患上了麻疹悄悄地确认他脸上是否有红疹这一点毋庸赘言如果他的脸上没有红疹那么深呼一口气放松然后以清晰的语声陈述您的问题如果他脸上有红疹您就随便找个借口离开比如见鬼我得去换张唱片或者我怕是给鱼刺卡住了喉咙或者我担心午餐给我们上的鸡

蛋是不是有点坏了或者对了好像李四小姐在叫我呢紧急通报急诊处把您的老板在办公室里关上四十个工作日或者说八个星期等过了这八个星期再回去见您的老板他完全有可能待在办公室里但他或许会拒绝接见您这种情况下您稍迟些再来碰碰运气最好是选个上午但不要在星期一也不要在星期五同样不能是封斋期内的某一日别忘了如果您求见张生时他不在办公室您还是可以在走道上遛遛弯儿等他的如果他耽搁了不妨与李四小姐闲聊一会儿当然她得人在办公室还要心情也不错才行或者到其整体组成了这家给您开出微不足道的工资让您辜负生命中最美好年华的集团的全部或部分的各个科室去转上一圈姑且假设一切顺利张生召您某个星期三下午两点半去见他第二周星期二上午十点钟声响起的时候您确实身处他的办公室内他是让您进去了但没有请您坐下所以您问他是否有某个女儿患了麻疹他回答没有您可别信他或者应该说不要以为这能说明他的几个女儿都没患麻疹除非您通过可信的渠道确知张生只有一个女儿但他有四个女儿的可能性却要大得多反正组织机构图上是这么写的这样的事情没法捏造所以您问他是否某两个女儿患了麻疹他会回答您是或不是如果他回答是确实有两个女儿患了麻疹都没有必要去看他鼻下是否有红疹最好找个假借口离开比如坏了我的唱片或者哎呀一根鱼刺又或者午餐的鸡蛋我想是不是甚或对了有人叫我应该是李四小姐她有个T60的问题需要我帮忙您一出门就赶紧奔第二急诊处并让人把张生关在他的办公室里

直到限定的潜伏期或者说四十个工作日结束为止等这段时间过去后您再去见张生最好是找个星期二或者星期三因为很显然如果您星期四去见他却被推到星期五那么您又会一头撞到午餐有鱼或有蛋的问题上所以最好是排除所有偶然因素准备周全如果这期间张生凑巧成功溜出去又还没回来等候他返回的时间里不妨在走道上遛遛弯儿或是跟李四小姐闲聊一阵如果李四小姐还没退休而且心情始终像从前那么令人愉悦的话或者最终还是到其整体组成了这家您错误地加以认同的企业的全部或部分的各个科室去转上一圈为防万一查看一下午餐的菜单给自己接种麻疹疫苗然后满怀希望地回到张生办公室门前简便起见因为不简总是不便我们假设张生正在办公室里听见您敲门他抬起头来并示意您进去但他仍然不请您落座所以您问他是否有某个女儿患了麻疹他回答您不是是否某两个女儿患了麻疹他回答您不是某种意义上而言这是个好答案但它也可能掩盖着一个更加糟糕的事实即他有三个女儿染上了麻疹坦率地问出这个问题如果你的上司回答说是确实有三个女儿患了麻疹连借口都不用找了赶紧离开通报第二急诊处和第一急诊处让人把您的上司连着整个科室甚至邻近的科室隔离四十个工作日您自己也隔离起来吧 1966 年爆发的 18931 例麻疹中有 109 例被证实是致命的所以您躲过一劫的机会还是很大的约为 99.5% 麻疹是一种传染性和流行性发疹高热其特征是出现轻度皮肤毛细血管炎如果您要说是由皮肤上细微凸起的小红斑形成的出疹也不错病前及

病中均伴有发热鼻炎咽峡炎流泪与咳嗽的症状其主要并发症有支气管肺炎喉炎脑炎利用磺胺或盘尼西林可对之进行有效治疗这可比患上猩红热要好四十天后您还有机会去找企业的法律顾问要求赔偿如果法律顾问不在他的办公室您就在走道上等他或者您去找艾美琳小姐聊一会儿前提是她不但人在办公室而且心情还不错或者您到其整体组成了这家捍卫雇用您的企业的利益的企业的各个科室去转上一圈尽管前面描述的疾病其传染特性广为人知但我们仍然认为同一家庭中同时出现三例麻疹这样罕见的事件足以使这户人家的一家之主兼您科室的一室之主及时察觉从而采取必要措施避免危及还雇用了他本人的企业的整体故此总有那么一次他可能会做出否定回答他的某三个女儿没有患麻疹诚然三个如此未必四个便如此众所周知麻疹爆发前有一段潜伏期您上级家的老四很有可能正处于发疹前期这令做父亲的忧心不已以致忘了请您坐下所以还请关心关心小女儿的健康如果您得到的回答是她的状况确实令人有些担心那就等情况明了之后再行动如果真是麻疹最终是会知道的说到底您都到这个地步了也用不着在意这四十天如果刚好相反您的上司回答说哪怕一丁点的感染迹象都没发现那就不要深究这个问题否则您终究会唤醒您的上司那反而还保持着纯洁的灵魂中的疑虑您不妨这么想健康方面的寒暄既毕您对上司本人以及出于情理他最该记挂的人均已表示出了足够的关心因而有权找个位子坐下即便您还没有就此得到明确的邀请换句话说要么您坐

下来就当是进去后他已经请您落座了一样要么您继续站着但就像是已经坐下了一般然后您开始谈起那个让您焦虑不安的问题所以现在您已到了这个可称为至关重要的时刻停下您东抓抓西挠挠的动作放松深呼吸记住不必为了投入而期望也不必为了坚持而成功坦率地陈述您的问题您很清楚您追求的无非是钞票多多您每个月挣 750 法郎而您想挣到 7500 法郎您知道这事儿相当困难您愿意妥协只要求每月 785 法郎再加上一笔年度补贴您希望这笔补贴相当于四十个工作日的薪酬以支付潜伏期的费用您知道您的上司对您玩的花招一清二楚的知道他知道为什么您会来到他面前一边病态地啃着手指甲一边搜字逐句您知道他知道您知道而他也知道您知道他知道您知道或许他知道您会知道换句话说您觉得况且这感觉完全正确您觉得直截了当地切入这个问题是敏感笨拙危险的还是得找个借口来说服您的上司加薪是对您理所当然的奖励比如您给他出个主意让这家给了您一切的企业采用后可以从中获益您对国际形势进行了反思随着关税的降低以及关于共同市场那该死的罗马条约的实施竞争将会越加激烈一个月后我们怎么把扩张卖出去当然靠您我们要参与不停参与这里面总会剩下点什么的生产速度减缓的节奏越快消费速度放缓的节奏就越慢反之亦然等等等等但您的上司清楚您的目的是什么于是打断您的话头询问您要谈的是不是一个 T60 问题要么是一个 T60 问题要么不是 T60 问题二者必居其一但您不知道什么是 T60 问题很遗憾不能助您一臂之力因为

我本人也不知道所以您就随口应付显然您回答说确实是一个 T60
问题于是您的上司爆发出嘲讽十足的大笑欢呼起来好吧如果涉及
的是一个 T60 问题这可不归我管去找 AD4 分部吧只有它最适合操
心这事儿于是您只好站起来谢谢您的上司给您出了个好主意然后
去找您显然找不到的 AD4 分部一边反思您的厄运一边马后炮般发
誓再不会这样任人捉弄所以您一个分部一个分部漫无目的地逛下
去然后再回去见您的上司显然首要的条件是您的上司在办公室如
果他不在您就在走道上候着如果他耽搁了还没回来就去找李四小
姐当然前提是李四小姐她在自己的办公室里而且心情还不是太糟
糕不过她现在已经习惯见到您了所以如果她在的话理论上没有任
何理由会赶您走否则您就到其整体组成了这家让您浪费了自己最
明净时光的庞大机构的全部或部分的各个科室去转上一圈为防万
一您再四处打听打听有谁对某个 T60 问题感兴趣没有然后您再回
头去张生的办公室直到他出现为止这一点终归是没问题的除非他
头一天吃的不是当天的新鲜鸡蛋因此真的食物中毒或者上次封斋
期被一根鱼刺卡了喉咙因此感到不适或者他正处于麻疹发疹前期
又或者这会儿他本人正在自己的上司王生的办公室门前走道上遛
着弯儿试图找机会跟他谈谈某个 U120 问题但我们假设一切发展
顺利张生正在他的办公室里您敲敲门他却不回应其实遇上这种情
况也很正常别灰心但也别坚持否则就是不识趣了不如次日上午再
来碰碰您的运气除非第二天是个星期一或星期五即便是星期四也

要排除在外因为如果您周四去见他而他又始终不答复您您会被推到哪一天呢既不是次日星期五这个有鱼有蛋的日子也不是第三天星期一那个还没有从周末过度的兴奋中缓过来的倒霉日子而是星期二这时间就长了所以最好是立马选择在星期二去见您的上司因为这样的话即使他随意把您打发了您至少还剩下个星期三可以再去碰碰运气所以第二周的星期二您回到张生的办公室噢简直太值得高兴了张生他正在办公室听见您敲门他抬起头来当然他拒绝接待您但至少他叫您下午 14 点 30 分再去若是运气够好不在封斋期那么午饭供应蛋或鱼的可能是相当小的但即便有蛋也未必就是坏蛋或者即使有鱼张生也未必就会被鱼刺卡住简而言之于您的运气毫无妨碍分针刚刚指到 14 点 30 分您准时来到上司门前他没有任何正当理由不在办公室但事实却是如此您就在走道上等他由于他迟迟不至您便去看看李四小姐在不在她的办公室不她不在所以您就到其整体组成了这家连维持您的基本生计都要斤斤计较的全面扩张的机构的全部或部分的各个科室去转上一圈第二天星期三您再度摸到您的上司那里简便起见因为不简总是不便否则我们最终会漫无头绪无所适从假设您的上司他在办公室您敲敲门他抬起头示意您进去假设他忘了请您落座但向您确认他的某一个或某两个或某三个女儿都没有患麻疹而第四个女儿连染上麻疹的可能都没有记住如果事实刚好相反您得根据情况的严重程度赶紧不赶慢地离开通知第一第二急诊处或同时通知两个急诊处并给您的上司备

好磺胺和/或盘尼西林关他四十个工作日再把您自己也隔离起来但若是您的上司忘了请您落座的同时又确认家里一切安好那说明您再度拥有了一个小小的极微小的渺茫的微不足道的机会来达成您的愿望当然您可不敢毫无顾忌地去勉强一名上司告诉他我想多挣点钱那样也太笨了您得找个借口但不要把自己也绕进去了所以您试图向您的上司解释企业对您而言就像是第二个妈妈自然为它的组织平衡感到忧心忡忡但在担心的同时又为共同市场新近组构导致的竞争加剧所激励一个月后我们该怎么把扩张买进来这得靠别人为生产而工作其实就是为消费而生产反之亦然等等有了前车之鉴您已经想到您的上司将抱歉打断您一个 T60 问题对吧要么是一个 T60 问题要么不是 T60 问题二者必居其一既然您不知道什么是 T60 问题随便怎么回答都可以但千万别回答说是因为这时您的上司会理直气壮地告诉您您的想法跟他可没什么关系这事儿得找 AD4 分部或者货运部门诉讼处食堂第一或第二急诊处对外关系分部李四小姐或法律顾问一切又得从头来过可别回答是求求您了别说是所以您回答说恰好相反这不是一个 T60 问题嗯哼嗯哼您的上司有些意外所以是另一项计划喽这时要么您撒谎说是要么厌倦了撒谎您说不是几乎强迫着您的上司先吐出加薪一词二者必居其一假设您希望行事尽可能委婉其实这正是您失策之处但我们暂且不论您会说是的是关于另一项计划那我洗耳恭听您的上司会这么说于是您也只有向您的上司阐述您的想法您的计划但首先这个想法

得让您的上司感兴趣才是假设他不感兴趣这种可能性其实要大得多有谁见过一名上司对某个下属的提议产生兴趣的最好的情况也不过是他从中发现一项对自己有利的建议然后急匆匆地提交给他自己刚刚病愈的上司王生因为后者吃了他最小的女儿做的爱心煎蛋后染上了麻疹所以您的上司会假作认为您的建议极端无聊乏味而且完全无法实现最后他会以一种格外冷淡的声调叫您将这一切都记在一张小纸片上然后直接扔进废纸篓所以您只好离开办公室别灰心说到底您赚的钱还不至于难以维持生计您就真的那么需要加薪么只需在不必要的开支暖气衣服交通上稍做节俭午饭一律在食堂用餐晚上吃点煮生菜您还是可以坚持到月底的况且众所周知煮生菜有助于拓展创造性思维几个月后您灵光一闪有了个不错的主意认为它能打动您的上司并可借以暗示他不妨给您涨涨工资所以您去见您的上司他不在办公室您就在走道上等他但由于他迟迟不至您就去看看李四小姐在没在她是在办公室但却不怎么待见您所以您就到其整体组成了这家作为您唯一出路的企业的全部或部分的各个科室去转上一圈然后您再回头去见张生张生正在办公室听见您敲门他抬起头来但示意他很忙不过肯定会在第二天 14 点 30 分见您唉第二天是个星期四张生趁着女儿不上课的机会带她们去巴斯德研究院接种疫苗次日是星期五您连试都不用试况且您还被一根鱼刺哽个半死差点儿不能发声第二周星期二张生休年假这纯属巧合只能怪运气不好您也没办法等到张生回来您又染上了麻疹

然后是轮到李四小姐去度假然后经济的不景气迫使您就职的机构大量裁员您却奇迹般地得以幸免这充分证明不应该总是陷于悲观之中不过这个时候提加薪的事显然不明智况且封斋期还没过呢然后是轮到您自己休假了您毫不意外地得知张生食用鱼渣饲养的母鸡生下的蛋时被一根鱼刺卡住了喉咙与您的想法刚好相反发生这一切对于您来说其实是件大好事因为八个半月后当您在食堂出口堵住张生时他一定会很高兴见到您并请您在当天 14 点 30 分到他的办公室去所以您如约前去他在那儿等您既然他请您落座您就坐下然后出于礼貌您对他的健康及其家人的健康表示关心张太太还好吧四个小家伙呢很不幸麻疹真不幸对不起我火上还热着奶呢我得告辞了四十一天后再去您上司的办公室别犹豫自然除非第四十一天是星期四星期五星期六星期天星期一节假日节假日的第二天封斋期内某一天或者封斋期前一天张生病愈后肯定会答应您的求见甚至有可能立即接待您至乎于请您落座放松深呼吸陈述您的问题不这不是一个 T60 问题不要犯低劣的错误承认这是一个 T60 问题哪怕真是如此也不行因为您的上司肯定会回答您这可跟他不沾边那您就只能一个分部一个分部地瞎转寻找一个都不知是否存在的 T60 问题专家告诉张生这是另一个计划因为如果您一开口就是钞票要多多您的上司可能会觉得很可疑所以用上所有您还能激发出的如火热情向他阐述您的想法您的上司对您讲的内容要么感兴趣要么不感兴趣二者必居其一如果他不感兴趣我们不排除这种可

能您就是在浪费时间但我们完全可以假设您的上司对您讲的东西颇感兴趣况且这也不是什么绝无可能的事至少理论上如此即使记忆所及还从未出现过这样的例子所以您的上司对您的想法颇感兴趣但显然要么他觉得您的想法积极有创造性值得考虑要么他觉得这是个愚蠢的主意二者必居其一若是后者他会言简意赅地让您明白您的推论实在蹩脚换句话说就像傻小子拉琴说明白点儿就是脑子里缺根弦近乎早衰或是先天智障注意他是把您当成了蠢货痴呆笨蛋傻瓜二百五白痴弱智呆鸟傻帽缺心眼儿的家伙反正这没有任何区别即是说您的建议将被扔进垃圾篓而您则两手空空地返回自己的地方等待更好的时日自然吸取了经验教训的您要对最初的想法再做改进以求下次有机会向您的上司袒露心迹时他无法立刻把您当作傻蛋打发了所以留给您自己几个月的时间因为总是要排除一切偶然因素才能求得万全经过反复衡量您觉得自己的谋划已经完善了那么再回头去见张生设若他在办公室您既不需要在走道上等候也不需要去找李四小姐稍做交谈同样不需要到其整体组成了这家您最多只是其中一枚可怜的棋子的公司的全部或部分的各个科室去转悠简便起见因为不简总是不便我们更进一步假设您撞了大运张生不但回应您的敲门声而且邀您进入他的办公室甚至还请您落座并直截了当地告诉您他的四个女儿都很好她们已经成婚十六个外孙女看起来暂时没有任何一个处于麻疹发疹前期您的上司甚至都不问问您关心的是否是一个 T60 问题他似乎对您的计划有

着相当的兴趣甚至可以说他觉得您的意见卓有实效体现了实实在在的考证精神和令人震惊且极具建设性的批评意识简言之其中显露出非凡的才智不凑巧的是他没有时间答复您可别生气您得想想张生一定是忙得脚下生烟成天都在接待或者躲避接待他的二十四名同僚您的同事因为他们都跟您一样似乎脑子里没有任何别的想法只是一心乞求涨涨工资可就算涨了也不过是微不足道的一丁点想想经过长时间的努力他终于让下属失去了信心尽管只能维持几天而已然后还得急匆匆地赶去见自己的上司王生可结果却是和他的十二名同事一样不断遭到回绝而王生自己也并不能因此从被他纠缠不休的副经理助理那儿得到任何好处您终于有所领悟因为任何失败都包含着必须深思的经验教训前事不忘后事之师所以您悟到了坚持就会有回报的道理新一轮的事件都不足为道诸如不够新鲜的鸡蛋卡住喉咙的鱼刺袭击全家的麻疹之后您再次来到张生面前向他解释若是购买可分760周进行折旧并接受分月付款的电子自动粘胶那么占据您爱之甚于一切的企业的总预算千分之零点零三的办公室胶水的消耗可以降低73.871%看起来您的上司对这一切充满了浓厚的兴趣不坏啊真是不坏啊他微微一笑道而眼里却闪过一丝垂涎之色满头浓密的烫发在夏日黄昏那绛紫的丽彩下光泽闪亮表面上他不吝费时为您作答与您去年请见时相比这已是不得了的进步他同时还提议更仔细地研究您的问题并当着您的面再次进行让您得出上述结论的计算这可是您自己亲自计算出的结论经

过漫长而艰深的计算要么您的上司已经理解了您的建议的内涵与意义要么他什么都没弄懂二者必居其一假设他什么都没弄懂这确实有点让人泄气但并非真的很要紧让您的上司去找 TV1 您不知道什么是 TV1 您的上司也不知道而我也好不了多少就当是一个咨询处一堂晚课一处回收站吧简言之给您的上司留几个星期甚至是几个月的时间去消化千万不要急于求成论理该是张生主动知会您一声宣布他终于弄懂了一直在琢磨的内容但您心里很清楚他什么都不会做否则他就做不了您的上司所以过段时间后还得您自己去找他当然您得在走道上等他在李四小姐的办公室等他到其整体组成了这家给了您一切的企业的全部或部分的各个科室转一转您得等到第二天等到下星期二您得尝尝鸡蛋的味道再吐出来漱漱口您得参与宗教评议会以求封斋期的奉持遵循自愿原则而星期五也不必非吃鱼不可您得等待张生十六个外孙女中的老大病愈但别失去耐心因为极有可能在您进行第二次或第三次尝试时您的上司就明白了但不要以为接下来就是一帆风顺那么到底发生了什么呢概言之我们干脆把话说透吧您去见了张生张生在办公室您敲敲门他抬起头来示意您进去他请您落座您向他阐述了那个让他颇感兴趣的计划他对您提出的解决方案表示赞赏并花费时间深入研究了您的想法似乎也完全消化了其中的内容这一切都很好但直到此刻您还没有只字片语谈及您的薪资要求然而这却是个合理正当的要求迫不得已的话您可以微微露出个苦笑为难地嗯一声一边在椅子上不安

地扭来扭去但如果您的上司张生没有对您的成绩明确表示祝贺您又如何能跟他提起您的问题呢然而您必须知道一点张生是一名上司而一名上司从不对某个下属的成绩表示祝贺所以张生从不对某个下属的成绩表示祝贺而您正是张生的下属所以张生是绝不会对您的成绩表示祝贺的然而若是张生不对您表示祝贺您就没法跟他提加薪的事儿但显然他是不会先行提及此事的所以您只好回到自己的地方马后炮般发誓再不会这样任人捉弄发誓下一次您再不会如此委婉行事只会立刻吐出加薪二字若不成功那算倒霉嗯这才是明智的决定所以您去见您的上司张生他不在办公室理由很正当因为他正在检查电子自动粘胶的运行情况您在走道上等他片刻但到这会儿他都没到因此您觉得不妨去感受一番李四小姐言谈的魅力唉李四小姐不在办公室理由很正当因为她正在旁观电子自动粘胶运行情况的检查所以您就到其整体组成了这家使用您的电子自动粘胶的庞大企业的全部或部分的各个科室去转上一圈居然一个大活人都碰不上原来几乎所有人这会儿都在观看电子自动粘胶机怎么运行或者说该怎么运行因为它运行不了所以您自己也去瞧瞧这台该死的机器是怎么回事儿您遇上您的上司他非但不祝贺您反而还训斥您您缓上几个星期等他的愤怒平息下来然后再回到您的领导的办公室门前他不在您就在走道上兜几步然后去看看李四小姐在没在她在办公室但似乎不怎么想跟您聊天因为她本人也有些烦心事是关于她和她的上司赵大先生的出于简便这个显而易见的目

的因为不简总是不便后文中我们便称其为赵生所以您一脸忧郁地到其整体组成了这家您因身为其中一员而倍感自豪的机构的全部或部分的各个科室去转上一圈然后再回到张生的办公室他居然在那儿真是太让人惊讶了听见您敲门他抬起头来甚至带着迷人的微笑邀您进去请您落座听您吐露心声只是这事儿太过稀罕以至于您肯定有强烈的提防之心就如露茜·潘贝鲁特邀请查理·布朗开橄榄球时对他所言她要在这个查理·布朗的冲击达到最强时将球轻轻摘走令他重重摔倒而随之产生的羞辱更会让他摔得一次比一次痛但如果不相信领导那可什么事都做不成所以您略略勾露出一个腼腆的微笑说服自己看起来是张生待您更为和善了您向他坦承这不是一个 T60 问题那肯定不太可能让他产生兴趣而且还会逼得您在外面久久地晃悠去寻找 AD4 分部当然也不是另一个问题至于这个问题他会不会感兴趣还在两可而即使他对此颇感兴趣但您提出的相应解决方案是卓有实效还是毫无价值也在他一念之间而即便他有研究的意愿即便他赞赏您所起的促进作用可他到底有没有时间去研究还是未知之数而即使他有时间对其付出关注即使他重视您的贡献即使他对您提出的问题颇感兴趣但他理解的深浅也还需斟酌就算他理解赞赏关注重视激奋他也完全可以只记录下您的建议却并不因此给予任何褒奖使您有机会提起对您而言唯一值得讨论的话题即实实在在地增加您的薪水所以您盯着他的眼睛直截了当地放胆明言要谈的就是关于钱的事儿啊哈啊哈您的上司打着哈

哈所以您来见我就是为涨工资的事啰毫不迟疑地回答是首先是因为实情如此而且始终应该实话实说其次是因为如果您回答不是您的上司他就会理直气壮地责问您来他办公室干什么因为这个钟点您本该待在自己的办公室里为这家让您在上司不在办公室里而李四小姐又心情恶劣的情况下可带着怀旧的心情到组成了它的全部或部分的各个科室转悠的庞大企业的最高荣誉和最大利益而工作的这时您恐怕只能唯唯诺诺地退出来只有天知道您怎么才能找到机会重新跟您的上司在他的办公室里单独会谈首要条件是他在办公室还要保证他听见您敲门时会回应您并且同意立即接待您如果他召您下午来见还不能有任何饮食事故对其良好意愿产生影响也不能有任何一个女儿或外孙女正处于麻疹发疹前期所以您最好跟他说实话向他陈情自十六岁零三个月以 5373 旧法郎 50 旧生丁①的月工资受雇为合格的信童助理后您一级一级地爬到了归于第 3 类第 11 级修正指数为 247②的技师助理的位置换句话说扣除社保金以及向主管机构缴纳的各项分摊金后的实际工资为 691 新法郎 00 新生丁③您的上司如果他够狡猾的话事实上他确实够狡猾否则他就不是上司了他会向您指出与最初受雇时相比您的工作量肯定没

---

① 旧法郎与（新）法郎比值为 100∶1。

② 法国工资定级标准。

③ 最初新法郎的称呼仅是为了区别于旧法郎，其实就是后来一直通行到欧元发行之前的法郎。

有增加到十倍而您挣的薪水却超过了十倍他不明白为什么您还要抱怨先生我提请加薪不是为了我自己您得这么说实在是我可怜的孩子我那四个小女儿刚刚染上了麻疹这最后一则消息可能无法成为满足您要求的有利论据尽管您的要求合理而且正当总之下一次最好去掉这一条何况到下一次时由于服用了充斥法国药品市场且由您定时向其缴费的社保负责报销的盘尼西林和磺胺片您的四个小女儿和您自己肯定都已痊愈所以一从医务室出来您经过慎重考虑并对您自己的决定再三斟酌后就直奔张生而去简便起见因为不简总是不便假设一切顺利为免遗忘我再次提醒一下要顺利开展这一系列的行动需要归属于动物界植物界及矿物界的种种因素有机相宜却也因此极不可能地默契配合我们仅从其中列出因为我们真的想对我们的演示做最大限度的简化避免一些最终会令人觉得无益的推论使其变得烦琐累赘所以我们从其中列出李四小姐心情愉悦鸡蛋新鲜鱼刺没有卡住上司的喉咙没人感染麻疹这些条件一旦满足我们将更乐意假设您的上司会接待您而且原则上他也不觉得您向他提出的加薪要求违悖情理他自己不也成天磨着王生试图涨一涨工资么不过众所周知就此类愿望的合理性对申请者做出考察前没有任何上司会同意加薪的要求甚至连貌似严肃地研究一番都不屑为之当然若是您有一个好主意让始终信任您的企业可以裁撤40%的员工同时还能同比增加利润这倒是有可能让您得偿所愿但我好像记得我们已经科学地证明了您不可能有什么主意因为或者

您有些 T60 的想法却吸引不了任何人或者您自以为有些办法可您的上司要么全不在意要么虽然不是全不在意却觉得您的办法奇蠢无比要么既非全不在意也不认为您的办法奇蠢无比但没时间去关注要么既非全不在意也不认为您的办法奇蠢无比也有时间去关注但完全不知所云要么既非全不在意也不认为您的办法奇蠢无比既有时间去关注也对它有完美的理解但其间却忘了您原本是来要求加薪的所以最好别拿缺乏想法的想法来献丑参与一项由您的企业出色实施的重要计划或可提供极大的助力使您改善薪资的愿望得到正视这个问题会坦率地向您提出来您得同样坦率地做出回答如果您最近参加过某项获得了成功的大型计划回答说是如果您最近没有参加某项获得了成功的大型计划回答说没有如果您最近参加过某项失败了的大型计划什么也别说如果您很久很久之前参加过一项虽不曾真的失败但无法视作成功的微不足道的计划还是什么都别说很显然有可能您的公司在某些大型项目上取得了成功但正好是您不曾参与的那些项目更糟糕的是但凡您或浅或深有所接触的项目您的公司都莫名其妙地失败了别做任何仓促的结论此外简便起见因为不简总是不便我们对这些情况就不加考虑了但假若这毕竟是最接近现实的假设了假若您最近没有参加过某项获得了成功的大型计划其原因在于您的公司近四年来连一项大型计划都没有成功过不是它不想而是它在沙特尔建立船厂的计划在敦刻尔克和塔曼拉赛特之间建立铁路直通线的计划或是在巴黎地区建立一

家综合医院的计划都已经表明了是无法实现的所以您回答说您最近没有参加过某项获得了成功的大型计划不必画蛇添足地补充说您已经尽了最大的努力您的上司很清楚甚至正因如此他才会尊重您再者别认为已经失去了所有的希望不还没有失去所有的希望如果您和您的工程师保持着良好的关系这可能会对您有所助益因此您的上司只是为了帮助您才会问您是否与您的工程师相处融洽尽量坦诚地回答这个问题如果您和您的工程师相处融洽回答是如果您和您的工程师相处不融洽回答唔假设您和您的工程师相处不融洽其实遇上这种情况也很正常您对他没有任何意见但他却让您感到恼火而且他成天指责您不是迟到就是不在办公室他总是问您去哪儿了如果说您经过深思熟虑鼓起满腔勇气去找张生提起加薪的事但他却从来不在办公室那可不是您的错自然您没有必要把对工程师的不满统统告诉张生因为纯粹出于职业方面的考虑张生有可能站在您的工程师一边毕竟纪律是企业主要的约束力量不论它是国企私企还是收归国有的企业所以唔一声作答便是了如果您想克制住啜泣那就叹口气吧拔掉几根头发拍打胸膛都行但千万别试图真的撒谎那起不了多大的作用因为不论如何张生都会去找这个工程师做了解的那样情况就会更加糟糕您得这样想您的工程师可不是永生不死的他有可能经受不住高薪挖墙脚的诱惑也可能被一根鱼刺哽死被一个烂鸡蛋毒死或者因晚期麻疹后遗症身亡以致您都无须再助命运女神一臂之力否则就挑个无人的时候行动别留下痕

迹精心编织一个有力的不在场证据所以简便起见因为不简总是不便我们假设要么命运女神特别垂青于您要么您没有被抓住马脚简而言之现在您有了个新的工程师与他融洽相处吧比如说假装工作又或者干脆就真的工作几周您会发现有时还是挺有意思的何况把每五分钟就去张生那晃一晃的习惯丢掉一段时间也不是坏事他对您的印象已经开始变坏了几个星期或者几个月之后气氛再次变得宁和您与新工程师相处得十分融洽法警已经结案张生被免予起诉公司则获得了一大笔政府补贴从而得以逃脱破产清算的命运于是您再次前去拜访张生他不在办公室那也不打紧您不妨在走道中遛遛弯儿等他似乎他有些耽搁还没回来您就去看看能否和李四小姐闲聊一会儿但李四小姐不在办公室看上去心情也不佳所以您到其整体组成了这家待您仁至义尽的机构的全部或部分的各个科室去转上一圈如果撞见了您的工程师别吝于向他露出您最具魅力的微笑但下次别忘了随手带上一份文件至于文件是什么并不重要只不过是要证明您有正当的理由出现在这么一个按理说跟您毫不相干的部门而已其实您的工程师在那儿一样无所事事但也不必向他提醒这一点毕竟于您无益过几天再回头去见张生他还是不在办公室您在走道上等他然后去找李四小姐可是李四小姐尽管看上去心情极好她人却不在办公室所以当您看见张生出现在走道尽头时您正准备到其整体组成了这家您每周在那儿枯守四十五小时的庞大机构的全部或部分的各个科室去转上一圈所以五分钟后您来到他的

办公室前但显然他连您的敲门声都不做回应您回到自己的地方虽是满腹心事却没有真的气馁因为就这点事儿还打不倒您第二天您就不去碰运气了因为那是个星期四否则张生一旦把您推到第三天就会遇上星期五说不定张生就被一根鱼刺扎到了或者因不再十分新鲜的鸡蛋发生食物中毒然而离退休还剩下两年零三个月这个时间您再去冒一些无谓的风险可是件危险的事所以您等到下星期二这是个黄道吉日因为您立马在办公室里找到了李四小姐她非常乐意和您闲聊一会儿不过您却没有等到张生出现交谈在三小时又一刻钟的时间里逐渐变得乏味李四小姐终于丧失了所有的好心情把您赶出门外请求您别再来烦她了次日是星期三您到其整体组成了这家您在那儿虚耗光阴的庞大机构的全部或部分的各个科室徒劳无益地转悠四十五次第二天星期四您避开与张生相见但您一心要做好万全的准备于是憋出一份厚厚的报告交给您的工程师而后者也屈尊纡贵表示谢意接下来是星期五您一不小心将托在快餐部餐盘上的东西一份贻贝拌生菜和一份挪威庵列打翻在您的上司张生刚刚洗过的西服上出于谨慎您又等了两个星期才再次尝试然后您去见张生但张生不在他的办公室所以您在走道上等他可李四小姐似乎心情始终极为恶劣然后您就到其整体组成了全法最强之一的这家企业的全部或部分的各个科室去转上一圈然后您去见张生他在办公室里听见您敲门他抬起头来让您进去请您落座尽管他满脸都是小红疹但既然已经告诉过您除非您的上司不请您落座否则您

别问他是否有某个女儿患了麻疹因此您略过他和他家人的健康状况您试着放松然后陈述您的问题我们来看看是不是一个 T60 问题您的上司询问不是您这样回答那就是另一个计划啰不是您继续否认是加薪的问题吗正是您忙不迭地回答我们来看看啊您的上司接着问道您最近参与过某个获得了成功的大型计划吗您回答说没怎么去啊啊张生嗯了两声您和您的工程师处得还融洽么太融洽了您一脸得意之色那好张生说道我们可以为您做些什么呢您瞧一切都进行得很顺利您进行第二百五十五次尝试的过程里没有出现任何重大事件来搅局或许经过这么些年来对这唯一的计划锲而不舍的坚持您终于触到了终点虽然我个人是完全不相信的但这并不妨碍您对此抱以信心迷蒙着泪水微微一笑控制住揪心的激动情绪您用清楚明白的语声解释说您每月挣 691 法郎但您希望嗯挣嗯 6910 法郎可能多了点 6190 也不用讲了 1960 也别提了甚至都不说 1690 了但总得有嗯 961 或者 900 其实什么 850 哦 800 好吧就 791 什么也别说了这样吧呃 700 好了您的上司开口道但您可别太天真误以为您的上司会给您是或不是这样明确的答复不过有一点您可以确定您所期望的加薪是无法实现的我的意思是您不可能就这么简单地一下子当场立刻得偿加薪的夙愿不要指望从张生的办公室出来后就能每月多赚 9 法郎您得理解你所在的单位是全法最大的企业之一加薪这种事会遇上一些十分复杂的问题这不仅仅体现在财务方面还牵涉到该企业短期中期和长期的经济与社会政策何况张生显然

也无权就这么简简单单地同意您的加薪要求最多他会向人事部经理提交一份赞同报告而后者咨询过有关机构后或会虑及第五计划中工薪阶层整体工资调整的规定在近期的一次董事会上提出您的名字总之张生虽没有立即满足您的要求但还是会让您领会到他对您的行动非但不感意外甚至都不明白为什么您耽搁了这么久才有所动作因为一直以来他都是抱支持态度的就算眼下还无法提拔您可毕竟允许您对未来的晋升寄予希望要么与之相反他会以还算干脆的态度明确无误地告诉您他觉得您的要求站不住脚无耻下流小家子气他实在无法相信您这么一个被公认为楷模的雇员居然能做出这种卑鄙的事来简而言之要么他给您希望要么他不给您希望假设他不给您希望您有几个选择比如您可以顺应竞争潮流向另一家企业自荐但别忘了离退休只有十八个月的您未必能找到让人振奋的职位您也可以从事绑架勒索或者伪造财务账目的活动但别忘了这三项业务不仅需要一定的技巧而且受到当地司法机关的严厉惩处您也可以用企业戒意十足地收藏在保险箱中的生产机密来换取最大的好处当然您得先了解这些机密才行您也可以去赌马可是您已经赌过了简而言之我认为最好还是等上六个月再回去见您的上司简便起见因为不简总是不便我们假设这次新的尝试不会比以前耗用更多的时间若是您吸取了经验教训懂得该如何做好万全的准备那甚至还有可能耗时更少不要总是为悲观情绪所左右不要老是只盯着事情不好的一面张生不是个坏蛋雇用您的这家强大的公司

也并非只想着害您您的工程师找不到任何理由不与您融洽相处没有刺的鱼也是有的鸡蛋未必都是坏的只要检出及时麻疹不过是小病而已下一次当您坐在张生面前用您那因上了年纪而开始变得微微颤抖的声音不厌其详地一一讲述您生活中的种种困难时若说他不会带着感触至乎感动专心听您陈述不给您留下一丝加薪在即的希望我们无论如何都是不肯相信的如果接下来的日子里工资还是没涨您也别怨恨他因为我们已经给您解释过这是个复杂的问题等上六个月六个月后当您的种种希望尽成泡影再回头去见张生如果他在办公室如果他在您敲门时抬起头如果他立马让您进去如果他请您落座如果他同意听您陈述那么再次努力去说服他吧。

加 薪

又即

如何撇开卫生心理气候经济以及其他条件的影响

营造最佳机会请求上司调薪

献给马塞尔·库乌列

及 德蕾丝·康坦

剧中人物

1. 建议

2. 非此即彼

3. 肯定假设

4. 否定假设

5. 选择

6. 结论

麻疹

1970 年 2 月 26 日，《加薪》一剧于盖泰—蒙巴纳斯剧院首次上演，由马塞尔·库乌列（Marcel Cuvelier）担任导演，马塞尔·库乌列、奥利维埃·乐博、莫妮珂·圣泰、菲德丽珂·维尔当、伊午·裴诺、德蕾丝·康坦分别扮演建议、非此即彼、肯定假设、否定假设、选择与结论，丹妮尔·勒布蓝负责麻疹一角的台词。

1

经过深思熟虑，您定下决心，去见您的上司请求加薪。

2

要么您的上司在他的办公室，要么您的上司不在他的办公室。

3

万一您的上司就在办公室，不妨敲敲门等他的回应。

4

假若您的上司真的不在办公室，不妨去走道上守着他回来。

5

我们姑且假设您的上司不在办公室。

6

这样的话，您就在走道上守着他回来。

★

1

您守在走道上等着上司回来。

2

您的上司要么回来要么不回来。

3

如果您的上司回来的话，您去敲敲办公室的门，等候他的回应。

4

如果您的上司不回来，您最佳的选择莫过于去隔壁办公室看望您的同事李四小姐。

5

我们姑且假设您的上司迟迟不归。

6

这样的话，您就去找李四小姐。

★

1

您去找李四小姐。

2

但李四小姐呢，要么在她的办公室，要么不在她的办公室。

3

万一李四小姐真的在办公室，等候上司的闲隙不妨跟她聊上一会子，当然，前提是李四小姐的心情尚佳。

4

但若李四小姐不在办公室，除了去其整体组成了这家雇用您的机构的全部或部分的各个科室转悠一圈外您也别无他途，待寻个更妥帖的时间再去见您的上司。

5

且假设李四小姐不在她的办公室。

6

要是这样的话，您就去其整体组成了这家雇用您的机构的全部或部分的各个科室转上一圈，回头寻个更妥帖的时间再去见您的上司。

★

1

您再次去求见上司。

2

要么他在办公司，要么他不在办公室。

3

他真要是在办公室，您不妨敲敲门等他的回应。

5

但还是假设他不在办公室吧。

6

这样的话，您就去走道上守着他回来。

★

1

您守在走道上等候上司回来。

2

要么他稍后即至，要么他迟迟不归。

3

万一他真赶着回来的话，您不妨去他的办公室敲敲门等他回应。

4

但他真要是迟迟不归的话，您最好还是去隔壁办公室找李四小姐这位同事吧。

5

假设——这事儿可不算稀罕——假设您的上司迟迟不归。

6

这样的话，您就去找李四小姐。

★

1

您去找李四小姐。

2

要么她在自己的办公室，要么她不在自己的办公室。

3

万一她真的在办公室，而且心情也不错，您还是可以和她聊上一会儿的。

4

倘若她真不在办公室的话，您也只有到其整体构成了这家雇用您的企业的全部或部分的各个科室去转一转了，不妨找个更有利的时机再去见您的上司。

5

简便起见——因为不简总是不便——我们假设李四小姐正好在办公室。

6

要是这样的话，您可以跟她闲话一会子……

3

那还得指望她有个好心情才行。

4

因为李四小姐若是心情不佳，是不愿跟您聊天的，您只能去其整体组成了这家雇用您的企业的全部或部分的各个科室转悠转悠，找到更有利的时机后再去见您的上司。

5

假设李四小姐心绪不畅——这事儿可不怎么稀罕。

6

这样的话，您去其整体组成了这家雇用您的企业的全部或部分的各个科室去转上一圈，待寻个更有利的时机再去见您的上司。

★

1

您又一次去见您的上司。

5

他不在办公室。

6

您去走道上候着他回来。

★

1

您候在走道上等上司回来。

5

他不像是要回来的样子。

6

那么您去找李四。

★

1

您去找李四。

2

要么她在要么她不在。

3

要是她在的话，您可以跟她唠上一阵子，当然，得要她有个不错的心情才行。

4

要是她不在的话，您只能去其整体组成了这家雇用您的公司的全部或部分的各个科室转悠转悠，挑个更合适的日子再去见您的上司。

5

简便起见——因为不简总是不便——假设李四小姐正好在她的办公室。

2

要么她心情不错，要么她心绪不佳。

5

简便起见——因为不简总是不便——假设李四心情不错。

6

既然如此，您就跟李四唠一唠。

★

1

您和李四唠上一小会儿。

2

要么透过李四小姐办公室的玻璃门您发现上司正返回他的办公室，要么透过李四小姐办公室的玻璃门您什么也没见着，至少是没看见您的上司返回办公室。

3

若上司他返回自己办公室的时候真要是给您透过李四小姐办

公室的玻璃门发现了，只需找个借口离开便是，随后去上司的办公室敲敲门好了。

4

相反，如果您什么都没看见，您还得继续和李四小姐瞎聊。

5

且假设您没发现上司从李四办公室的玻璃门外经过——这事儿可不稀罕。

6

那就缠着李四继续海阔天空地瞎侃。

★

1

您继续和李四谈天。

3

如果看见上司，您找个借口离开去他的办公室敲敲门。

4

否则，您与李四小姐的闲谈永远没个结束的时候。

3

如果您的话题既不丰富也不新鲜，我们李四的好心情就会像阳光下的积雪一样消融，那您只能去其整体组成了这家雇用您的集团的全部或部分的各个科室转上一圈，等更恰当的时候再去找您的上司。

5

因此，简便起见，因为不简总是不便，我们假设您在滔滔不绝地跟李四瞎聊的时候，透过玻璃门发现上司正返回他的办公室。

3

喔呼！

6

于是您迅如闪电，火速找个借口离开，然后去敲敲上司的办公室门。

★

1

您敲敲上司的办公室门。

2

要么他叫您进去，要么他不叫您进去。

3

如果他叫您进去，您便进去。

4

如果他一声不响，那您再敲敲门。

5

假设，这事儿可不怎么稀罕······

6

您就再敲敲门。

★

1

您再敲敲上司办公室的门。

2

要么他回答说"进来"，要么他不加理会。

3

如果他回答说"进来"您便进去，除非您纯粹是个白痴，又或者过早地患了耳聋的毛病。

4

如果他不加理会，您掉个头回自己的办公室，虽然抑郁失落，却未必灰心沮丧，寻个更好的机会再去找您的上司。

5

假设，这事儿还真不稀罕……

6

您打个转回自己的办公室，虽然寥落迷茫，却未曾真个失望，单等有了更好的机会就去找您的上司。

★

1

经过深思熟虑，您下定决心，去见您的上司请求加薪。

2

要么他在要么他不在。

3

如果他在的话……

4

五赔一赌他不在!

5

赢了!

6

您去走道上等着他回来。

★

1

您候在走道上等上司回来。

2

回来还是不回来?

3

回来!

4

不回来!

3

当然是回来!

4

自然是不回来!

5

不回来。

6

找李四去吧!

★

1

您去找李四小姐。

5

李四她不在。

6

没什么要紧的,您去其整体构成了这家使唤您的企业的全部或部分的各个科室去转上一圈,等形势变得不那么难以捉摸时再去找您的上司谈谈。

★

1

您回去见您的上司。

2

要么他在要么他不在。

3

他真要在的话，您不妨敲敲门等他的回应。

5

他当然不在。

6

您就去走道上等他。

★

1

您候在走道上等上司回来。

2

该死的！他到底回不回来？

6

去找李四吧！

★

1

李四小姐。

2

要么她猫在办公室。

3

那您可以跟她谈谈天，如果她有这番心情的话。

4

要么她没猫在办公室。

于是满腹牢骚的您再次去其整体组成了这家斤斤计较于您那点微薄薪水的机构的全部或部分的各个科室转上一圈。

5

简言之——不简总是不便——我们干脆说得明白点儿：李四小姐正猫在办公室呢。

2

我们对此并无疑问，可是她的心情怎么样？

4

如果李四小姐她没心思跟您谈天，您也只能再次闷着一肚子牢骚，到其整体组成了这家给您点儿微薄薪水还斤斤计较的机构的全部或部分的各个科室去转悠一圈。

5

只不过，李四小姐心情却是不妙，那简直是一点儿也不妙。

6

于是您嘟嘟囔囔地去其整体组成了这家跟您斤斤计较一点儿微薄薪水的大型机构的全部或部分的各个科室转悠一圈。

1

等情况变得不那么反复无常时再去寻您的上司说话。

★

1

上司先生？

2

我不知道他在没在办公室。

3

您不妨去敲他的门试试。

4

他马上就来，通常他都是这个点儿到的。

5

虽然他还没到，但肯定不会耽搁太久。

6

所以先在过道上坐着等会儿吧，他肯定不会耽搁太久，平时他都是这个点儿到的。

★

1

您在走道上等他。

5

却没有等到他回来。

6

那您就去找李四太太。

★

3

如果李四太太在的话，您可以跟她聊上一阵子，一边等着上司回来。

4

否则您就到其整体构成了这家作为您唯一出路的企业的全部或部分的各个科室去转上一圈，等着再去找您的上司时命运不要那么残酷！

5

简便起见，因为不简总是不便，假设李四太太不但人在办公室，而且心情还不错。

6

那您就跟李四太太闲聊上一会儿。

★

1

您让李四太太感到厌烦了。

6

于是您到其整体组成了可说是付薪让您到其整体完整或部分地将之组建的各个科室转悠的这家公司的全部或部分的各个科室去转上一圈 。

1

然后您再回去见您的上司。

5

简便起见，因为不简总是不便，这一次就权当您的上司在他的办公室吧。

3

居然有这种运气！

6

您自然是去敲门了。

2

要么他叫您进去。

3

您便进去。

2

要么他不加理会。

1

您便候上片刻再敲敲门。

5

经验证明，对一名前来哭求加薪的下属用曲起的中指敲出的
第一次笃笃门声，一位上司有 74.6% 的概率将不予理会。

6

那您就再敲敲门。

★

1

您再次敲门。

2

要么他回答说"进来"。

3

您便进去。

2

要么他不予理会。

4

由于您不敢勉强，只得原路折回，等到运气背得没这么厉害时再去跟上司试试斗智斗力。

5

简便起见。

众人齐声道

因为不简总是不便。

5

假设您的上司，总算有一次不依常情，叫您进去。

2

要么您纯粹是个白痴，要么您不是个纯粹的白痴。

3

只有纯粹的白痴才会不进去。

1

如果您并不纯粹是白痴，那便进去。

5

简便起见。

众人齐声道

因为不简总是不便。

5

假设您不是个纯粹的白痴。

6

那您便进去。

★

1

现在，您进了上司的办公室。

2

要么您的上司同意立刻、马上接待您，要么您的上司示意您晚点儿再来。

5

假设您的上司已经决定把上午的时间用来处理一项他酝酿了很久的个人事务，那就是去见他自己的上司请求加薪，这事儿可没什么稀罕的。

1

这绝对是他的正当权利。

5

所以他会让您晚点儿再来。

6

要是这样的话，您便顺从地倒着身子退出办公室，临行还不忘了向您的上司表示感谢，并顺手把门带上。

★

1

您再次回去求见上司。

2

要么他在要么他不在。

4

他要真的不在您不妨在走道上等他，他真要是迟迟不归您不妨去找李四太太，真要碰上李四太太也不在又或者李四太太心情不佳，您不妨去其整体组建了这家仅用一点儿可怜的薪水就让您奉献出生命中最美好年华的托拉斯的全部或部分的各个科室转上一圈，一边等着天降好运让您有机会截住上司。

5

但简便起见。

众人齐声道
因为不简总是不便。

5

我们暂且假设您的上司正好在办公室。

6

您敲敲他的门等他的回应。

★

1

您敲敲门。

2

如果他对您说"进来"。

3

您便进去。

2

如果他一声不响。

4

您就别进去。

6

不过您再敲敲门因为有些时候他可能是没听见。

★

1

您再敲敲门。

5

进来!

6

您便进去。

★

1

现在，您进了上司的办公室。

2

要么他立刻接待您要么他让您晚点再来。

3

这是明摆着的事儿。

5

假设。

4

简便起见。

众人齐声道

因为不简总是不便。

5

假设您的上司他格外开恩，同意当即、马上接待您。

6

您这运气简直是没说的！

1

您进了上司的办公室而您的上司也愿意听您陈述。

2

不过呢，要么他招呼您坐下要么他不招呼您坐下。

3

如果他招呼您坐下那说明他客气有礼貌。

4

如果他不招呼您坐下，那表示他心里惦着别的事儿。

5

假设您的上司不招呼您落座。

3

那是不是说明他没礼貌不客气呢？

6

未必：因为那说明有别的事儿让他操心。

众人齐声道

是什么事儿让您的上司挂虑呢？

★

2

大概是他无数次尝试进入上司办公室以便向他要求加薪却始终不得其门而入？

4

或许是他和李四太太有些不痛快？

6

可能是严厉得异乎寻常的汇兑管制让他感到激动？

5

会不会是他的新车在保险过期的那天因为缺少润滑油而磨坏了连杆？

3

也许是因为他当天早晨排了五个小时的队却没能拿到赫伯

特·范·迪斯考下场音乐会的门票?

1

莫非是他的身体出了点儿毛病?

★

1

您向上司打探他是否有某个女儿患了麻疹。

2

他回答说是或者不是。

5

假设他回答说是。

6

观察一下他脸上有没有红疹子。

3

如果他脸上有红疹，赶紧出去。向急诊室告警，把您的上司在办公室里关上 40 天。

1

如果他脸上没有红疹子，那就放松心情，陈述您的问题。

5

我们假设您的上司脸上确实有红疹。

6

赶紧出去！

1

向急诊室告警！

6

把您的上司在办公室里关上 40 天！

麻疹

1969 年爆发的 19432 例麻疹中有 111 例被证实是致命的，可见您的上司大约还是有 99.5% 的机会可以逃过一劫的。麻疹是一种传染性和流行性发疹高热，其特征是出现轻度皮肤毛细血管炎，如果您非要说是由皮肤上略微凸起的细小红斑形成的出疹，那也没错。病前及病中均伴有发热、鼻炎、咽峡炎、流泪与咳嗽的症状。其主要并发症为支气管肺炎、喉炎和脑炎。利用磺胺和盘尼西林可对之进行有效治疗。

★

1

40 天之后。

2

要么您的上司死了要么您的上司没死。

5

假设您的上司已经死了。

6

您便去见您的新上司。

5

假设他不在办公室。

6

您去走道上等着。

5

假设他迟迟不归。

6

那您去找李四太太。

5

假设李四太太陪丈夫和两个孩子到突尼斯度假去了。

6

那您就到其整体组成了这家您不过是其中一枚不起眼的小棋子的大型机构的全部或部分的各个科室去转上一转。

★

1

您去求见上司。

2

他在不在？

5

在。

6

您敲敲门。

2

他回不回答？

5

回答。

2

他回答说什么？

5

说他正忙着接另一条线，让您到了下午或者第二天再去。

6

感叹着世事无常，您返回自己的办公室。

★

1

您去求见上司。

2

要么他在办公室要么他不在办公室。

要么李四太太在办公室要么李四太太不在办公室。

要么李四太太心情不错要么李四太太心绪不佳。

要么您跟李四太太聊聊天要么您去其整体组成了这家迫着您在感恩戴德的心思里纠结不已的集团的全部或部分的各个科室转一转。

要么您透过李四太太办公室的玻璃门发现您的上司要么您继续跟李四太太闲聊。

要么您的上司叫您进去要么您的上司不叫您进去。

要么您的上司招呼您坐下要么您的上司不招呼您落座。

3

如果他招呼您坐下那说明他愿意听您陈述。

如果他不招呼您坐下那表示他的心思在别处。

5

假设您的上司不招呼您落座，这种事儿可不算稀罕。

6

那表明您的上司把心思放在了别处。

众人齐声道

您的上司他把心思用在了什么地方呢？

5

也许他的某个女儿患了麻疹？

6

或者出了水痘？

1

或者是百日咳?

2

或者是腮腺炎?

6

或者是多发性硬化?

4

或者生了脓疱疮?

2

或者发了猩红热?

1

您跟上司打探他是否有某个女儿染上了猩红热。

2

他回答说是或者不是。

3

如果他回答说是，观察一下他脸上长没长红疹子。

4

如果他回答说不是，那也不代表他所有的女儿都没染上猩红热，实际上确实。

5

姑且假设他回答说不是。

6

问问他是否有某两个女儿发猩红热。

2

他回答说是或者不是。

3

如果他回答说是，注意一下他脸上有没有长红疹子。

4

如果他回答说不是，也别忙着推断他没有任何女儿染上猩红热，确实。

5

且假设他回答说不是。

6

问问他是否有某三个女儿染上了猩红热。

5

假设他回答说他只有两个女儿。

6

也别仓促下结论。可能生病的是他的几个儿子。

1

不过再问下去就未免有些龌龊了。虽说您的上司甚至不曾请您坐下，这样说话实在别扭，但权且把身心放松，别再东挠一下西抓一把，深吸一口气，然后陈述您的问题。

★

6

您向上司面陈您的问题。

2

要么他半途打断您要么他不打断您。

3

如果他不打断您，那么继续陈述，尽量表现得让人信服。

4

如果他半途打断您，那是他有要紧的事情得告诉您。

5

假设他打断您的话头，问您为什么在身上挠个不停而您满脸的红疹又是些什么。

1

立刻离开办公室！回家卧床休息！请大夫上门诊治，把您的几个孩子送到乡下奶奶家去！

麻疹

1969 年爆发的 19433 例麻疹中有 112 例被证实是致命的，可见您大约还是有 99.5% 的机会可以逃过一劫的。麻疹是一种传染性和流行性发疹高热，其特征是出现轻度皮肤毛细血管炎，如果您非要说是由皮肤上略微凸起的细小红斑形成的出疹，那也没错。病前及病中均伴有发热、鼻炎、咽峡炎、流泪与咳嗽的症状。其主要并发症为支气管肺炎、喉炎和脑炎。利用磺胺或盘尼西林可对之进行有效治疗。

★

1

40 天以后。

2

要么您死了要么您没死。

6

您去求见上司。

5

假设他不在办公室。

6

您去走道上等着。

5

假设他不回来。

6

您去找李四太太。

5

假设李四太太陪丈夫和三个孩子到突尼斯度假去了。

6

您去其整体构成了这家剥削您的企业的全部或部分的各个科室转悠一圈。

★

1

您去求见上司。

2

他在办公室吗？

5

当然在啰！

6

您敲敲门。

2

他有没有回答？

5

这个……没有。

6

您再敲敲门。

2

他有没有回答？

众人窃窃低语

有……有的。

5

这个……有的。

众人窃窃低语

吁……

6

您进入办公室。

2

他同意马上接待您吗？

5

姑且假设是吧，但这可是看在您的份上。

2

他招呼您坐下吗？

5

经过艰苦卓绝的简化努力。

众人齐声道
不简总是不便。

5

我们甚至于大胆假设您的上司这一次的的确确是请您坐下了。

6

于是您便坐下来。

★

1

您见上司去了，您的上司恰好在办公室。

您敲了敲门，有人回应。

您进了办公室，被问及有何贵干，给招呼着坐下。

现在您就坐在上司对面。

6

放松、深呼吸，擦擦额上泉涌的汗滴，控制住紧张得让膝盖打架的神经质的颤抖，提醒自己未必有了希望才奋斗也未必注定成功才坚持，用清晰的声音尽可能简明扼要地陈述您的情况；善加挑选恰当的言辞增强说服力，尽一切努力感化上司的铁石心肠，但自始至终保留一丝尊严和骄傲，一丝把您塑造为一个自觉了义务和权利的公民的尊严和骄傲。不要匍倒在您的上司脚下；别去舔您上司的靴子。

1

告诉他您愁绪万千忧思重重，手头拮据月末难过，告诉他您来这儿哀哀切切为的可不是自己，而是您那被家务折磨得精力衰竭的妻子以及五个遭病魔窥视的孩子。

6

麻疹。

1

猩红热。

6

腮腺炎。

1

黄疸。

6

小儿麻痹症。

1

粘液瘤。

6

口疮。

1

体虚气弱。

6

肥胖贫血。

1

第三心室肿瘤。

6

感染性心内膜炎。

1

扁平足。

6

向他解释，您 14 岁受雇成为没取得职称资格的助理信童，月薪 11872 小法郎①，可经过 37 年尽职尽责的工作，您才提拔到高级办事员副手的位置，充任被委派协助负责建设、统计与前景规划事务的核心部门的副经理工作的调研主任的随员，享受第 3 类别、第 8 级、第 2 型、C 阶、修正指数 315 的待遇，即扣除相关的社保分摊金以及第五个经济社会发展计划②规定的各项应纳税额之后，实际领取工资 772 大法郎 00 新生丁。

2

要么您的陈词会说服您的上司，要么您的陈词说服不了您的上司。

---

① 60 年代的新旧法郎比例为 1：100，故此旧法郎又被称为小法郎（法语原文"轻法郎"），新法郎又被称为大法郎（法语原文"重法郎"），意指大（重）法郎比小（轻）法郎价值要高（重）得多（100 倍）。

② 1965 年立法通过。

3

如果您的陈词能说服您的上司，那倒是个好兆头。

4

如果您的陈词说服不了您的上司，那肯定无助于解决您的问题。

5

然而，您显然是无法就这么轻易地一举说服您的上司。您不过是这家大型机构中一枚不起眼的小零件，如果每个小零件都能在第一次要求加薪时如愿以偿，机构的前途岂不令人担忧？您的上司很清楚这一点，甚至正因如此他才成了上司。什么！他会这样向您咆哮，您这么一个向来被称为楷模的员工，竟然为区区几分钱来乞求哀告，您知不知道比夫拉人为了一粒米彼此都恨不得掐死对方，知不知道一些刚过四十的干部正处在发展的黄金阶段却不得不落入失业的惨境！您都有了轿车、冰箱、电熨斗，还敢在这里抱怨！您简直是单位的耻辱！每晚在咖啡吧都能见到您！酗酒成性！无所事事！唯利是图！您钻社保的空子！甚至连赌马都想作弊！下流胚！法国人的败类！我没一脚把您踹出门去，没把您交给纪律监察会，都算您走运了！出去，别让我再揪住您！

6

别做任何可能会让您感到后悔的动作。保持住尊严起身离开。

★

1

您见上司去了，他刚好在办公室。他叫您进去。他甚至还招呼您坐下。您向他解释了您的问题，但他觉得您加薪的要求可耻、无理、厚颜、粗鄙，透着斤斤计较的味道。出来的时候您有些沮丧。不过您有颗不屈不挠的心。您等上几个星期再回去求见您的上司。

2

要么……要么。

5

不。

6

您……

5

不。

6

去吧。

5

不在。

6

到其整体构成了这家您在那儿虚耗了快 40 年光阴的集团的全部或部分的各个科室去转一转。

3

一边感叹世事无常。

★

1

您去求见上司。

2

要么他在自己的办公室要么他不在自己的办公室。

5

假设他在办公室。

6

不需在走道上等他回来；不必去找李四太太，何况她也不在自己的办公室，尽管她的心情确实不错，也不用去其整体构成了这家您已经不再对其抱有多大指望的巨型托拉斯的全部或部分的各个科室转悠；相反，您敲敲门，等他回答。

5

假设他让您进去。

6

不必再敲门；不用满腹心事、怒气冲冲地返回自己的办公室，还一边感叹狗屎般的人生变化无常，也无须思考什么时候才能凑巧碰上一个有利时机再次和上司面谈；相反，您按下上司办公室的门把手，推门进去。

3

请别忘了顺手把门带上，不然是有穿堂风的，谢谢。

5

假设您的上司朝您露出他最亲切的微笑并招呼您坐下。

6

不去问他是否有某个女儿患了麻疹，不用探究他脸上有没有红疹子，不必急匆匆地离开办公室，也无需向任何急诊室告警；相反，您坐下来，陈述您的问题。

1

现在您就坐在上司对面。放松、深呼吸，别老是一个谢字结巴半天，擦擦您的眼镜，提醒自己勇敢者事竟成，告诉自己耐心和时光比力量与怒火更管用，注意吐字清晰，要言之凿凿，语义明白，如果有才华彰显自然更好。跟您的上司交谈时，不妨把他看成是神父、是教士；让自己相信他只想为您好，是您的朋友，能够理解您；向他倾吐心声，但避免流露无益的亲近或同情。带着十分的腼腆把握必要的分寸，给他描述您每天卑微却诚实、简朴却端庄的生活。他固然是您的上司，一科之长，可他同时也是一家之主，所以他会理解您的。

6

跟他讲述您作为丈夫的痛苦，作为父亲的担忧；孩子们一天天在长大；鞋子得买新的；开学要添课本作业本；夏令营的费用还是不低的；初领圣体时的臂章也需考虑；药品、玩具、电影票都是花销。

3

诸如此类都是很艰辛的事儿，没研究过还真理解不了。

2

要么您的陈词会深深打动您的上司，要么不疼不痒毫无作用。

3

如果您的上司很感动，这可能是好兆头。

4

如果他始终如冰山一般冷漠，或者，更糟糕的是，在您用最深沉的情感向他讲述您贫苦生活那千年不变的灰暗时，明显流露出不耐烦，那肯定无助于解决您的问题。

5

我们假设，这可不是为简便起见。

众人齐声道

然而不简总是不便的。

5

而是为了证明我们心中充满深沉的人文情怀，他人的不幸同样会触动我们。

4

触及我们。

3

打动我们。

2

震撼我们。

1

令我们难以承受。

5

所以我们假设您的陈情使上司深为震动。

6

他是如此地理解您！他是这般地同情您！是啊，生活哪里能时时如意呢？各人有各人的烦恼，各人有各人的苦处；就说他本人吧，被票据问题压得都快喘不过气来；孑然一身的李四太太呢，也得供养几个孩子以及孩子们的孩子；难道她就没有努力工作？可怜价的！莫非到头来她就不应该享受乡下宁静的生活？

1

您的上司他是多么希望能帮到您啊！他是多么希望能满足您提出的正当要求啊可是

2

就事论事

3

您的考评

4

您的同事以及您的直接上司对您的评价

5

只能证明，无论大家对您抱有多深的好感

4

尊敬

3

友谊

2

甚或是眷顾

5

以您在工作中的表现，还不足以使这样的请求得到重视。

6

要坚强。握握上司递过来的手掌。偷偷擦一把眼睛。尽力保持着尊严离开。

3

请别忘了顺手把门带上，否则是有穿堂风的，谢谢。

★

1

您求见上司去了。他正好在办公室。他让您进去。他招呼您坐下。您向他讲起了自己遇到的困难。他完全理解，不过说实话，有鉴于您的工作实在有太多的地方亟待加强，您提出的加薪要求甚至不在考虑之列。出来的时候您有点儿气馁。但这还不足以让您灰心绝望。您再待上几个月，这期间您全力以赴，一边争取直接上司的优秀考绩一边力求改善在同事们眼中的形象。然后您再回去求见您的上司。

2

要么他在要么他不在，这简直是明摆着的事。

5

他不在。

6

您在走道上等他?

1

还不如去找李四太太。

5

李四太太不在，再说她的心情也不好。

6

那么您就去其整体构成了这家没有它就没有您的庞大机构的全部或部分的各个科室转一转，等命运女神的纤指抚过您荒芜的天顶时再尝试去寻您的上司说话。

1

您去求见上司。

5

假设他在自己的办公室。

6

您敲敲门等他的回应。

2

他要么回应要么不回应。

5

假设他回应吧。

2

要么他说行要么他说不行。

5

假设他说行吧。

6

您推开门，走进办公室，再把门带上，在离上司几步远的地方停步等候。

2

要么他招呼您落座，要么他不招呼您落座。

5

姑且假设他招呼您坐下。

6

您拖开上司指给您的座位，坐下等候。

2

要么上司问您有什么需要帮忙的要么上司不问您有什么需要帮忙的。

4

姑且假设您的上司不问您有什么需要帮忙的。

6

没关系：您清清嗓子，然后陈述您的问题。

★

1

您清清嗓子，但别耽搁太久，然后向上司陈述您的问题。

6

作为这家您身为其中一员而倍感自豪并为之付出了一切的大型企业的老职员，您把毕生精力都献给了工作，职业生涯临近终点时，您还是盼望着自己的牺牲和忠诚、自己的勤恳和严谨以及自己守尊卑、尽责任、识进退的态度得到奖赏。您砸锅卖铁图的什么？不就是给子女们一个更美好的未来么，您甚至督促他们获得了小学和初中毕业文凭；用不了多久他们就能自力更生，但眼下他们还无法赚钱补贴家用。而您和您的太太呢，你们想请人建一座用绿色外板护窗的小房子以度晚年，您在这家大型企业一直干到了迟暮之年，毕生的精力都献给了工作，虽然身为其中一员您倍感骄傲，但也期待它对您的奉献做出奖赏，毕竟您为了子女们有个更灿烂的未来不惜砸锅卖铁，只不过他们暂时还赚不了钱交给您支持家园建设，毕竟您和您的太太，你们还是想请人建一座房子的，这样，一生心血都倾注于工作的职业生涯画上句号后，也能有个地儿种种鲜果养养花草好安享宁静的乡间退休生活。

2

要么您的上司理解您要么您的上司不理解您。

5

我们将做如下假设以体现我们所秉持的深刻人文情怀。

众人齐声道
因为我们秉持着深刻的人文情怀。

3

我们善于理解员工们的美妙憧憬。

4

作为上司主管，倾听他们的问题、他们的愿望是我们应尽的职责，我们尽全力帮助他们。

3

去年工会不是还组织过一次巴登—巴登的旅游么？

4

上一次圣诞节给老头老太的礼包中难道没放鸭肝肉酱么？

3

还有让孩子们免费观看的电影呢？

4

别忘了那座人事主管发给车间滚球联赛冠军的精美奖杯！

5

总之，您的上司是理解您的，这一点毋庸置疑。

6

是的，遍观这家大型企业，这个万众一心的大家庭，您绝对是最值得赞赏的员工之一。对自己最疼爱的孩子，况且是一个曾经事事做表率的孩子，上司们又怎会刻薄寡恩呢？明天一早他就会向董事会反映您的情况，您放心，下次颁发劳动奖章时肯定有您的份儿！

1

您握握上司递过来的双手，控制住激动的情绪离开办公室，临行还不忘了顺手把门带上，否则穿堂风可是会让您衷心爱戴的上司着凉的。

3

谢谢。

★

1

您去见了上司。他正好在。叫您进去，招呼您坐。您谈起了自己的功劳。他表示理解，说您会得劳动奖章的。

6

的确，几个月后的某一天，全体职员在大操场立正集会，那是九月里一个阳光明媚的早晨，出席者有省长和省议员、市长和市议会、部队首长和仪仗队、大主教和唱诗班，当然还有董事会成员，为首的董事长兼总裁正是这家大型机构的创立者和大股东，而这一天，您就是它树立的朴实模范与鲜活榜样，工商部长在发展规划事务国务副秘书与社会事务部内阁组长的陪同下授予您劳动奖章，

3

红白蓝三色吊带，

4

圆形的奖章正面刻着"自由、平等、博爱"的铭文，拱绕着法兰西共和国的象征玛丽安饰以花冠的头像，

3

奖章背面，太阳为播种机抹上光轮，下面撰写着"祖国向兢兢业业的劳动者致敬"。

6

而家庭补助总局的大区分局长则交给您三本法国储蓄银行的存折，那是给您三个小家伙的，每本存折上都有 50 新法郎的首笔存款，随着时间流逝，每年将带来 2.25% 的回报。

1

为了回馈这份恩情，您在受奖当日大摆宴席，遍邀亲朋好友和同事邻居，您的上司很是乐意地接过了主持宴会的重任。

6

欢庆结束，最直接的后果便是您的预算雪上加霜，欠下各个供应商和饭店酒馆的老板一笔债务。

1

为新债务所迫，您最后还是决定回去求见上司。

2

要么他在自己的办公室要么他不在自己的办公室。

5

他不在办公室。

6

您在走道上守着他回来。

5

他不像要回来的样子。

6

您去找艾美琳小姐。

4

什么！可是……李四太太呢？

6

您应该很清楚啊，李四太太已经退休了。

3

真是可怜！听说她的状况不是太好。

2

她的孩子打算送她去养老院。

6

养老院！您是说精神病院吧，她完全疯了，真是遭孽啊。

3

其实我们又算得了什么呢。

2

最可怜的还是那些没走的人啊。

3

您跟谁说呢！

1

啊，好的：艾美琳小姐？

2

要么她在要么她不在。

5

她不在。

1

艾美琳小姐既不像李四太太那么勤勉，也没有李四太太那样
的心情。

3

时过境迁啊。

4

好景不再，还是算了吧。

6

简而言之，您去其整体构成了这家因迅速进驻我们国民经济关键领域而备受专家推崇的全面扩张中的集团的全部或部分的各个科室转一转，耐心期盼幸运垂临带给您新的希望，可以和上司进行富有成果的会谈。

★

1

您去求见上司。

2

他真要是在办公室的话，您不妨敲敲门等他回答。

5

没想到他刚好在办公室。

6

所以您敲敲门。

4

他真要是不出声，您不妨再敲敲门。

5

不想他偏偏给您回应。

6

所以您进入办公室。

3

他真要是招呼您落座，您不妨坐下。

5

可他的的确确是在招呼您坐下。

6

所以您坐下。

3

他若真要问是什么风把您吹来的，他帮得上什么忙，您不妨直言相告。

5

但事情就这么巧，他恰恰问起您有什么忙他帮得上。

6

所以您据实以告。

★

1

您向上司细数自己遇上的信用问题、财务问题、预算问题、经济问题，一一交代它们的来龙去脉。

6

起因是为了深刻纪念让整个企业都因您受奖而倍感光彩的那个神圣日子，

3

那一天是本月八号，

6

于是您大宴宾朋，结果却掏空了自己的口袋。

1

身为单位中的一员，

6

您既感幸福又觉骄傲，

1

既然它上上下下都对您充满敬意，

6

您何不将这份尊敬。

1

化作实实在在的东西，

6

所以请求允许您提出要求批准加薪的申请。

2

要么您的上司那个您要么您的上司不那个您。

3

若是前者您倒是可以报几分希望。

4

若是后者那么事情肯定会更加棘手。

5

简便起见，不妨假设。

众人齐声道

因为我们怀有深沉的人文情怀。

5

不妨假设您的上司那个您。

6

他愿意为您竭尽全力您的上司他只在乎您。

4

哎，可叹、可惜。

3

现实是如此地无奈，

2

竞争带来的威胁

1

关税下调

2

共同市场条约生效

5

肯尼迪回合条款签订

6

以及英镑

4

马克

3

法郎

2

美元

1

和黄金行情走势

4

引发的不妙局势

3

投资计划同意对市场营销

2

以及促销活动

1

做出的倾斜

6

劳动力的问题，汇市的浮动，原料的供应，产品的包装，应用研究和基础研究，技术专利的购买，必须掌握的科技，社保金的缴纳，对基本人权的尊重，生活成本，市场问题，通胀风险，货币贬值，强加于公司的苛刻出口条件，诸如并购、收购、兼并、收归国有等始终挥之不去的阴影，客源的不稳定，社会矛盾，政策的随意性，一言以蔽之，市场前景不明。

1

鉴于上述种种，无论您的要求多么合情合理，短期内，恐怕是无法考虑工薪阶层加薪要求的，哪怕是再小的涨幅都不行，当然了，您得相信您的上司他完全是站在您这一边的。

6

只不过时机不对而已。实在是太不凑巧。但尽管放宽心，情况一旦好转，我们自然会奖励您的优异表现。

1

您谢过上司，与他殷勤握手道别，脸上挂着微笑，心中充满自豪，因为您所属的就是这么一家在面临困局需要咬牙挺住的关头不惜强制下属员工作出必要牺牲的公司。

6

临行时不忘顺手把门带上，否则可恶的穿堂风可是会让您的上司感染肺炎的。

3

代他感谢。

★

1

尽管您去找上司的时候居然一找就找着了，尽管他听见了您的敲门声唤您进去，尽管他朝您露出一个最可亲的微笑后还招呼您坐下，尽管他从头到尾地听您解释完您遇上了什么样的困难，尽管他言之凿凿地表明对您的尊敬以及好感，但是，您的薪资仍然得不到任何调整，因为雇用您的这家大型企业面临的是日甚一日的窘迫形势。

6

您且等上几个月。再说，您的上司度假去了；而艾美琳小姐又患了麻疹。

1

然而，得益于诸般巧妙的裁员手段，这当中您倒是奇迹般地避过了一难，再加上兼并了几个小型竞争对手，这家您珍而重之并且越来越庞大的公司最终得以巩固它的市场地位。

6

您回去求见上司。

2

要么他

5

都说了他不在，再费劲儿也是白耽误功夫。

6

那您

5

可别，她也不在。

3

一边感叹着世事无常

6

您去

5

其整体完整或部分地构成了

6

这家，相信我，您再也做不了多大指望的巨型托拉斯

1

的各个科室

2

转上一转。

★

1

您去求见上司。

5

姑且假设他不在自己的办公室。

6

您去走道上守着他回来。

5

权且假设他回来了。

6

您迎上去问他能否立刻接见您。

5

假设他回答说不能。

6

您问他什么时候可以接见您。

5

假设他回答说只有等到下个星期一 16 点 30 分才行。

6

那么您回自己的位置去。

2

一边感叹世事无常。

6

您等到下周一。

1

16 点 25 分，您去见您的上司。

2

要么他在要么他不在。

3

照理他应该在，因为是他定下的 16 点 30 分召见您。

4

但您太清楚各位上司都是什么样的人了！全都一个德性！他完全可以定在 16 点 30 分召见您但到点时人却不在办公室！

5

不过，为了证明我们都是善心人，我们将假设您的上司正好在办公室。

6

您敲敲门等他回应。

5

进来！

6

您循声而进，否则您就真是老糊涂了。

5

他请您落座。

6

您向他陈述您的问题。

1

您 14 岁受雇成为没取得职称资格的助理信童，月薪 11872 小法郎，经过 43 年勤勤恳恳的工作，您被提拔到高级办事员副手的位置，充任被委派协助以发展型统计与结构性前瞻为要务的核心部门的某经理工作的调研主任的副主任随员，享受第 3 类别、第 9 级、第 2 型、Rh 阳性、C 阶、修正指数 321 的待遇，即扣除相关的社保分摊金以及分红政策规定的各项应纳税额之后，实际领取工资 778 大法郎 17 新生丁。

2

要么上司听了您反映的情况虽是铁石心肠也难禁心酸。

4

要么他完全无动于衷。

5

但您的上司却有着悲天悯人的深刻人文情怀。

3

您的陈词让他极为震动。

4

他扑到您脚下。

3

他一把扯掉背心上的纽扣，痛斥自己的麻木不仁，用手划着十字。

6

怎么会这样，这怎么可能！他如此激动以至于话都说不连贯：我都不知道，您该早点来见我的，这简直无法容忍，太不公平了，决不能让这种事发生。

1

唉，只可惜他无权给您加薪，否则您走出办公室的时候肯定
比进来之前要富有。

2

唉，可惜啊

3

毕竟您为之工作的是这么一家规模庞大的企业

4

放眼全国也是首屈一指

5

正因如此您才会为身居其间而感到骄傲

6

故此工资上涨

5

会引发方方面面极为复杂的问题

1

这不仅体现在财务上

3

同样还体现在与经济社会政策相关的各个层面

2

无论是短期的

1

中期的

2

还是长期的政策。

3

为了向您证明他完全是站在您一边的

4

表明他理解您的行为

5

甚至还予以鼓励的态度

6

您的上司会在您心中注入几分希望。

1

他将起草一份表示赞同的报告呈递人事部经理

2

而后者

3

征询过财务机构的意见之后

4

或许

5

有可能

6

在令资方时刻忧心的工薪阶层全面调薪的大前提下

1

于某次董事会上提出您的名字。

6

要相信您的上司。

1

别灰心。瞧，您最热切的愿望不是都已经满足了么：您去求见上司要求加薪，您的上司让您看到了一线希望，是的，加薪的希望。

6

和上司殷勤握手道别，热忱致谢。临行别忘了顺手把门带上，否则该死的穿堂风可是会让您的上司感冒的。

3

谢谢。

★

1

您见上司去了。他正好在办公室。您敲了敲门，他出声答应。您进了办公室。他让您坐下，您也不推辞。

6

您向他细细讲述自己窘迫的经济状况，向他提出加薪的请求。

1

您的行为合情合理，这一点您的上司完全同意，但他同时也申明，放在这么一家您不过是其中沧海一粟的大型企业里，工资上调引发的问题格外复杂，会计、经济、财务以及各负责部门均牵涉其中。

6

尽管如此，他还是向您郑重承诺会支持您的要求，而且言下之意似乎过上一段时间您就能得到一份积极的答复，这一时限他定为 6 个月，虽说多少有些主观。

1

所以您等上 6 个月。6 个月后

2

要么您的工资上调了，那自然不再有问题，要么您的工资没有上调，那么一切还得从零开始。

5

要是这样的话，您也只能从头再来。

2

一趟又一趟地去见您的上司

3

在走道上等他回来

4

一次又一次地去找艾美琳小姐

5

和她闲聊一阵子如果她心情还不错的话

6

又或者反反复复地去其整体构成了这家您为之鞠躬尽瘁奋斗一生的高贵企业的全部或部分的各个科室转悠转悠……

跋

经过深思熟虑，鼓起满腔勇气，您决定为《求见上司请求加薪的艺术与方法》一书作跋。

时值 1968 年 10 月，由安代磨坊改建的一家文化中心，乔治·佩雷克正就其友雅克·佩里约的一份组织机构图伏案而书。后者当时是人类科学基金会计算中心的研究工作负责人。以这篇题为《求见上司的艺术与方法》的组织机构图为蓝本，佩雷克希望为《计划教育》杂志撰写一篇文章。10 月 20 日，佩雷克致信雅克·佩里约，特别提及两点：

1. 能否就组织机构图做一些说明和确认；

2. 在某些地方对组织机构图进行一定的修改是否妥当。佩雷克解绎组织机构图的文章一旦发表，这份图表大约也会出现在杂志上，或置于文首，或附于文末。

而这封信本身也具有多方面的意义。

首先是其时序。事实上，这封信证明了佩雷克对这张组织机构图的兴趣，有类于此前雷蒙·肯诺的理念，在于将之视作能衍生创造力的束缚。肯诺曾在乌里波学会第 83 次研讨会上介绍了他的《任你解读的故事》，此文最初发表于 1967 年 7 月 19 日一期的《新观察者》杂志，随后发表于《新文学》杂志同年 7 月–9 月的期刊号，并配有一张表现其结构的分叉图。

更确切地说，正是缘于 1968 年 4 月 8 日的那场研讨会，《任你解读的故事》第一次明确出现在乌里波学会的档案之中。弗朗索瓦·勒·里约内次日致信乌里波学会成员，就后者为汇编文集各自承诺撰写的文章进行了总结，并在信中言及肯诺，提到了《母体文学——任你解读的故事》。而弗朗索瓦·勒·里约内本人也曾于第 79 次研讨会上做过一个关于"树型"文学的专题报告，由此可以推知，1967 年末至 1968 年初之间，乌里波学会内部已经对借助于图表路径的组合文学形式产生了某种兴趣：佩雷克基于雅克·佩里约的组织机构图的文学创作正是产生在此背景之下。

其次，佩雷克的这封信也表明，雷蒙·肯诺和乔治·佩雷克将如何基于一种原理一致的结构（图表内的路径），却阐发出两种截然不同的创作技巧。在《任你解读的故事》中，雷蒙·肯诺将选择路径的主动权交给读者：在每一个可能的分叉口，都是由读者从给出的种种方案中择其一而斥其余。佩雷克却是反其道而行之，一开始就选择对组织机构图进行某种"线性"解绎，意即非对"某一"路径的选择，而是穷尽"所有"可能的路径。佩雷克写道："我最初的一些尝试，令我看到了创作一篇真正的线性文章的希望［……］：随着文章的发展，将会出现越来越多的条件需要得到满足，从而催生新的可能。"肯诺寄望于潜在可能性而更为注重虚拟组合之处，佩雷克却立足于巨细无遗的分析偏爱已实现之组合。后者在写给莫里斯·纳多的信中所确认的正是这一区别：

"与肯诺《任你解读的故事》刚刚相反，我以线性方式来阐发一份组织机构图：当特定的情景（向上司请求加薪），包括其一应假设、取舍和决定，只需一张纸一份图时，我却用了足足二十二份字体不大的双行图表，来连续探讨所有可能发生的情况。"

此外，这两位作家之间还有另一区别：肯诺的《百万亿诗歌》，只需阅读那最基本的十首十四行诗，就可衍生出百万亿诗篇；而恰恰相反，佩雷克的《81份入门菜谱》又或《两百四十三张名副其实的彩色明信片》分别罗列了3的4次方和3的5次方份（即所有的）菜谱和明信片，并通过实现组合结构切实地创作出来。这一佩氏技法，正是作者多次娴熟使用的穷尽法，在其描述技巧中尤为如是：时而是隐晦用于细微处描绘某一虚构人物，比如《消失》一书中的阿蔓达·冯·括莫多罗-里瓦达维亚，其服饰穷尽了红色系中所有避用字母E的词汇："肉红色的奥斯曼灯笼裤，珊瑚红项圈，乌红背心，丹红腰带，胭脂红围巾，珠红貂皮大衣，宝石红长袜，梅红手套，紫红高跟的铅红小皮靴"；时而是明白用于宏大处描写整个真实的街区：便如《穷尽巴黎一街区的尝试》。某种意义上，《求见上司请求加薪的艺术与方法》可视为某种"对一张滑稽模仿的组织机构图的穷尽法尝试"。

尽管肯诺和佩雷克的组合手法各有不同，但二者的核心目的却是一致的：挑战创作与阅读的极限可能性。故此，肯诺嘲讽道：如果他的《百万亿诗歌》可以"制造出……数目有限的诗篇"，那么这些诗篇"提供的却是近两亿年的阅读量（且以每日阅读二十四小时计）"。至于佩雷克，在给雅克·佩里约的信中，他明言对于解绎组织机构图的创作，期待能"完成一篇真正的线性文章，因此亦是完全不可解读的文章"。佩雷克似乎真的是这么想，以至于为了增加阅读的难度，将在排版文稿中还存在的标点符号，从文章中全部删除。肯诺求量，佩雷克重质，但两名乌里波学会成员探索的却是同一个问题：简便起见，因为不简总是不便，且称之为文学的极限。

最后，我还想赘述几句，是有关佩雷克对雅克·佩里约的组织机构图的标题意见。该图原题为"求见上司的艺术与方法。组织机构图释解"。佩雷克就此提出：

"标题：为什么求见上司？大概不谈加薪的问题，没人会去见他的上司吧。如果是这样，不如一开始就明确提出来。……所以

我认为不妨如此命名：'求见上司（试图谈及加薪）的艺术与方法。'

这也是最终定下来的方案，不过略有变化而已。但"加薪"一词出现在标题中并不仅仅是为了叙事的严密性，这在后来德语广播剧和法语话剧对标题的改编中可见一斑，前者编译为"Wucherungen"，后者直接名为"L'Augmentation"。将最终的标题缩略为一个名词，佩雷克赋予这个名词新的内涵，颇富隐喻性的内涵，这一点他在信中通过比较表达得很明确。佩雷克向雅克·佩里约写道：线性解绎，"可把文章变作一个'汉诺塔'游戏：第一次移动只需挪动一次，第二次移动挪动两次，第三次移动则需挪动四次，第四次移动需挪动八次，然后挪动十六次，三十二次，以此类推。"至此读者立即明了：加薪（译者按：该词基本意为"增加"）并不仅指薪资的增加，同样也指，甚或特指整篇文章所受之束缚本身，而这一束缚正是创作的源泉。此时正是 1968年，次年，佩雷克发表了一篇避用字母 E 的小说：出版于《加薪》之后的《消失》一书，后者关于标题的游戏与前者如出一辙，既为故事主线，同时也暗喻着文章的创作（译者按：如字母E 从整篇文章中都"消失"了）。这些标题已经预先揭示了乌里波学会另一成员鲁波关于创作的首要原则："根据某一束缚所创作的文章必然论及这一束缚本身。"

* * *

1981年3月，一位以佩雷克的作品为论文主题的大学生向佩雷克递交了普鲁斯特那份著名的问题表。对于第一个问题："我想做什么样的人?"佩雷克如此回答："文人。"之后的岁月，他曾反复使用这个他所钟爱的词语，并赋予其他所喜爱的定义："所谓文人，是指以文和字为职业的人。"但我们也可将乔治·佩雷克视为一个矛盾体和挑战者：挑战辞典的地位，创作无字母E的文章，或者避用E之外的其他元音字母，或者没有元音字母A，或者写下完全可逆读的文字，使用所有的法语单词，盘点1974年间大量消耗的固体和液态食物，不论超凡只讲低凡；连续数小时描写马碧雍十字街口所发生的一切。诸如此类，便是他给自己布置的任务，并很乐意称之为"尝试"。显然，《求见上司请求加薪的艺术与方法》就属于这类探索文学极限的文章。前文已叙，佩雷克在写给《计划教育》杂志的文章中，寄望"完成一篇……完全不可解读的文章"。但这一次，"文人"似乎并未真正成功，至少，我们可以如此期待。

如其在文中一再表现的，佩雷克热衷于同中求变。众所周知，佩氏美学原则之一，就是同类的文章绝不写两遍。粗疏的阅读或许会漏过这一点，但实际上，杜绝重复的原则在这里得到了完美的体现。显然，文章的意义并不在于上司张三先生的离奇又或不幸的遭遇，也不在于李小姐的精神状态，即使佩雷克"为了给（他）干瘪生硬的演示增加点儿人情味"而称她"李四小姐"，当然更不在于上司本人的上司王二先生的精神状况。喜爱情节波折的读者，不妨去看看《生活指南》（又译作"人生拼图版"），第98章，在"购买了一间睡房的小夫妻"雷沃尔夫妇的故事里，会读到"加薪"的小说体终版，想体味故事情节的这一次倒是能如愿以偿。事实上我认为，佩雷克这篇文章最大的魅力就在于种种表述中那令人震惊的细微变化，而细细品味，便会发现所谓类似，不过表象而已。

简便起见，因为不简总是不便，我仅举一例，即"到其整体组成了这家雇用您的机构的全部或部分的各个科室去转上一圈"这一语句。简便起见，不妨忽略影响首个动词的词形变化（"faire""faites""vous faites""vous ferez""en faisant"——译者按：原型动词"faire"的变位和语式变化）或是语义变化（"faire une nouvelle fois" "faire et［……］refaire" "vous faites" "traversée"），那么这个语句连续重复了七次却毫无二致。七次循环足以令读者产生某种条件反射，再遇上这种句式，自然便认为与前者无异，却没发现佩雷克在原版的组织机构图里增加了一个独特的组合器，虽然不起眼却有实实在在的功效，这一佩雷克所独创的组合器，在文中出现了二十九次，据此，不难描述其运作机制，实基于四大要素的组合：

——要素一　初次表述，唯一选择，语句："到其整体组成了……全部或部分的各个科室去转上一圈"；

——要素二　指代要素三的名词的限定词的表述，四种可供选择的形式："庞大的""全面扩张的""最强之一的"，$\varnothing$（无限定词）；

——要素三　名词的表述：四种可供选择的形式，"机构""集团""企业""公司"；

——要素四　关系从句的表述，二十种可选形式：

（1）"雇用您的"

（2）"使用您的"

（3）"使唤您的"

（4）"支付您薪酬的"

（5）"雇用您或者更应该说压榨您的"

（6）"您并非旗下精英的"

（7）"付薪让您到其整体组成了作为我们最具国家意义的工业部门中最关键产业之一里最庞大企业之一的"

（8）"给您开出微不足道的工资让您辜负生命中最美好年华的"

（9）"您错误地加以认同的"

（10）"捍卫雇用您的企业的利益的"

(11) "让您浪费了自己最明净时光的"

(12) "连维持您的基本生计都要斤斤计较的"

(13) "作为您唯一出路的"

(14) "您最多只是其中一枚可怜的棋子的"

(15) "给了您一切的"

(16) "使用您的电子自动粘胶的"

(17) "您因身为其中一员而倍感自豪的"

(18) "待您仁至义尽的"

(19) "您每周在那儿枯守四十五小时的"

(20) "您在那儿虚耗光阴的"

理论上，这台佩氏组合器就张三先生及其下属的工作场所可以组合出 1×4×4×20＝320 种不同的定义。然而，有悖于佩雷克所尝试（或者说尝试让人信以为真）的技法，解译雅克·佩里约原版组织机构图的文章中并没有使用所有的 320 种定义，所以佩雷克选择的既非潜在可能性，也不是穷尽法，而是第三种创作手法：通过错觉来催生同一性，类似于利用同象来掩盖异质，事实上却非完全一致，需要读者来细细分辨不同之处。读者本是来探究一张严密的组织机构图，然而其结构充满令人着迷的视觉陷阱，难以解读之处令人眼花缭乱，最终让读者落入一场真假难辨的找不同游戏。

又一次，佩雷克以形式结构（组织机构图）为创作之源，但却谨慎避免机械的应用，而是将之我化，按己意修改，最终留下自己的烙印：一位真正的作家的印记。

贝尔纳·马涅